BETTINA BELITZ

SAPHIR

FÜR IMMER VEREINT

BETTINA BELITZ

Saphir

FÜR IMMER VEREINT

KOSMOS

Umschlaggestaltung: Kathrin Steigerwald, Hamburg
unter Verwendung von Fotomotiven von AnnaElizabeth/fotolia und svaga/fotolia

Die Saphir-Trilogie:
Saphir – Rebellische Herzen
Saphir – Ungezügelt in die Freiheit
Saphir – Für immer vereint

MIX
Papier aus verantwortungsvollen Quellen
FSC® C014496

Gedruckt auf chlorfrei gebleichtem Papier

ISBN 978-3-440-16743-4
Redaktion: Teresa Baethmann
Lektorat: Sophie Härtling-Reine
Produktion: Verena Schmynec
Grundlayout und Satz: DOPPELPUNKT, Stuttgart
Druck und Bindung: GGP Media GmbH, Pößneck
Printed in Germany / Imprimé en Allemagne

TAPETENWECHSEL

„Und, was meinst du?"

Steffen ist nervös. Er versucht, sich cool zu geben, aber seine Finger zittern leicht, als er sich halb von mir wegdreht und ins Wohnzimmer zeigt, wo lediglich eine nackte Glühbirne von der Decke baumelt und weiße Vierecke an den vergilbten Wänden verraten, dass hier vor Kurzem noch Bilder gehangen haben.

Jetzt ist es ein leerer, kalter Raum in einem leeren, kalten Haus – ein Haus, in dem Steffen und ich bald wohnen könnten. Nicht als ehemaliges Straßenmädchen und sein Betreuer in einer Wohngruppe zusammen mit anderen sogenannten schwer erziehbaren Jugendlichen, sondern als Tochter und Vater. Noch immer kann ich mir es nicht vorstellen und auch ich bin nervös. Doch mir sieht man es nicht direkt an. Ich zittere innerlich.

„Roxy?" Steffen fährt sich mit der Linken über seine Brusttasche. Er sucht nach seinen Zigaretten, aber die liegen im Auto. „Wenn es dir nicht gefällt, kann ich auch weitersuchen, wir können ..."

„Nein", unterbreche ich ihn heiser und huste den Frosch in meinem Hals weg. „Nein, es ist ... es ist okay."

Das Haus ist in Ordnung. Ich weiß nur nicht, wie das werden soll, mit uns beiden als Mini-Familie ohne die ganzen WG-Regeln. Erst vergangene Woche hat Steffen erfahren, dass wir unsere Adoptions-Probezeit beginnen können. Und jetzt stehen wir schon zusammen in einem Haus am Stadtrand, das Steffen sofort mieten könnte – wenn ich zustimme.

„Und groß", füge ich hinzu, weil er mich fragend anschaut, als würde er mir nicht glauben. So viel Platz hab ich noch nie gehabt. Ich bin in einem Wohnwagen geboren und habe anschließend nur kleine Zimmer in kleinen, engen Wohnungen gehabt, für mich ist das wirklich großzügig hier.

„Natürlich würde ich einiges renovieren, den Boden erneuern und die Wände streichen ... Die Substanz ist gut und mit Möbeln wird es schon gemütlicher aussehen ..." Er wendet seine dunklen Augen nicht von mir ab, als er mit den Schultern zuckt und verhalten lächelt. „Es wäre unser Zuhause, Fledermaus."

„Ja." Meine Stimme hat sich schon wieder verabschiedet. Mein Herz scheint meine Kehle hinaufgekrochen zu sein und sie zu versperren.

„Wenn du magst, geh doch mal nach oben und schau dich um, das Zimmer auf der linken Flurseite könnte deines sein, ich muss gerade noch ... oh, Augenblick." Sein Diensthandy hat zu klingeln begonnen. Steffens Gesicht verfinstert sich, als er auf das Display schaut. „Diana. Da muss ich ran. Ich habe ihr ..." Er seufzt. „Sie weiß es. Seit heute Morgen. Hab es ihr gesagt – also, dass ich den Antrag zur Adoption tatsächlich gestellt und genehmigt bekommen habe."

Ui – und das wird ihr nicht gefallen haben. Ich hatte die beiden vor einigen Monaten in der Waschküche belauscht. In dem Gespräch hatte Steffen angedeutet, dass er mich gerne adoptieren würde – und daraus ist ein handfester Streit zwischen den beiden entstanden.

Wir haben es geschafft, dass niemand in der WG und vor allem Diana nichts von Steffens Adoptionsantrag erfahren hat . Es war klar, dass Diana versuchen würde, es Steffen auszureden. Sie hält nicht viel von mir und ich nicht von ihr – diesbezüglich sind wir uns einig.

„Okay, ich lasse dich alleine", erwidere ich und bin froh, einen guten Grund zu haben, mich ohne ihn umzusehen. Außerdem will ich das Gespräch der beiden nicht mit anhören.

Flink husche ich die urige Holztreppe hinauf, deren Stufen unter dem Gewicht meiner Füße knarzen. Die Böden bestehen aus alten, abgetretenen Holzplanken, ich mag das. Und ich mag auch den Raum, der mein Zimmer werden soll – ich spüre es gleich, als ich ihn betrete.

Das Fenster zeigt auf den Garten hinaus, der ähnlich verwildert wirkt wie der unserer WG, doch der Raum ist größer als mein WG-Zimmer und vor allem heller. Bücherregale werde ich nicht hineinstellen, das Lesen fällt mir nach wie vor schwer. Aber ich kann mich frei in diesem Zimmer bewegen, freier als es in der WG jemals möglich gewesen ist.

Ausatmend setze ich mich auf den blanken, kalten Boden und lausche. Steffen läuft beim Telefonieren unten auf und ab, ich kann das Klacken seiner Stiefelsohlen hören, doch seine Stimme bleibt gedämpft, Worte dringen nicht bis zu mir nach oben. Ich bin ganz für mich. Ob das auch so sein wird, wenn wir hier einziehen? Und werde ich mich überhaupt daran gewöhnen – nach meinem Jahr auf der Straße und diesen langen Monaten in der WG? Für einen Moment ist mir so schlecht, dass ich kaum schlucken kann. Es könnte schiefgehen, wie die anderen Male in den Pflegefamilien auch. Ich vertraue Steffen, er würde mich niemals befingern wie Arndt es getan hat, und ich bin mir sicher, dass er mich auch nicht schlagen würde. Aber ich bin mir nicht sicher, wie *ich* sein werde. Und was es mit Steffen macht, wenn ich anders bin, als er es sich erhofft hat.

Vielleicht streiten wir uns nur. Oder er ist auf einmal strenger, als er es in der WG war, weil er unbedingt alles richtig machen will. Oder ...

„Stopp“, sage ich warnend zu mir selbst. Denken hilft nicht weiter. Es ist wie mit Saphir. Wann immer ich versuche, ein Problem mit Saphir über den Kopf zu lösen, scheitern wir, denn dann entferne ich mich von ihm. Pferde können nicht wie Menschen denken. Wir sind eins, wenn ich ihm felsenfest vertraue – und mir selbst. Nur dann funktioniert es.

Und doch gibt es keine Garantie für Saphir und mich – und es gibt keine Garantie für Steffen und mich. Deshalb haben wir ja unsere Probezeit.

Ächzend strecke ich meine Beine aus. Der Stalldienst von gestern steckt mir noch in den Knochen – und der letzte Sturz von Saphirs Rücken, als er sich vor einer Spaziergängerin mit Kinderwagen erschreckt hat. Ich bin weich gefallen, doch mein Steiß beschwert sich seitdem bei jeder Bewegung.

Trotzdem gibt es nach wie vor kaum etwas Schöneres für mich, als bei den Pferden und mit Saphir zusammen zu sein, auch bei Regen, Eis und Schnee. Es lenkt mich von Nolan ab, den ich seit Wochen nicht gesehen habe, und außerdem werde ich so müde davon, dass ich schnell einschlafen kann, wenn der Abend in die Nacht übergeht – das war früher anders.

Auch jetzt gähne ich so herzhaft, dass meine Ohren dabei knacken und ich den Signalton meines Handys fast überhöre. Träge ziehe ich es aus meiner Hosentasche und wie immer schlägt dabei mein Herz höher, weil ich nicht weiß, ob Nolan mir eine Sprachnachricht geschickt hat ... Nein, Anne hat geschrieben. Mit gerunzelten Brauen versuche ich, ihre Nachricht zu entziffern, und es dauert zähe Minuten, bis ich sie verstanden habe.

„Er ist da und ich brauche deine Hilfe ... Er macht Schwierigkeiten." Smiley ohne Mund und Nase – Annes Lieblingssmiley, den verstehe ich sofort, aber ich wünschte, sie würde sich endlich merken, dass geschriebene Nachrichten für mich die Pest persönlich sind.

„Wer?", sende ich zögernd zurück und kaum zeigen mir die beiden blauen Häkchen an, dass Anne die Nachricht gelesen hat, ruft sie an.

„Sorry, Roxy, ich hab vor lauter Aufregung vergessen, dass du nicht übers Handy schreiben willst ..."

„Und auch nicht lesen. Wenn es irgendwie zu vermeiden ist ...", erinnere ich sie.

„Ja!" Anne lacht verlegen auf, und ich kann hören, wie angespannt sie dabei ist. „Ich meinte Avalon. Er ist da. Seit gestern Abend. Ich dachte, du kommst vielleicht noch in den Stall?"

Avalon – das ist das junge Exmoor-Pony, das Annes Vater in England gekauft hat, jetzt erinnere ich mich wieder. Aber sollte es nicht erst im Februar kommen?

„Er ist schon da?“, vergewissere ich mich ungläubig.

„Ja, es gab wohl Probleme, ihn dort weiter unterzustellen. Der Bauer wollte ihn loswerden, weil er ja noch ein Hengst ist, und hat mit Schlachtung gedroht, deshalb ging alles schneller als geplant. Wo bist du?“

„Gar nicht so weit weg. In dem Haus, in das ...“ Wieder muss ich mich freihusten. Es ist das erste Mal, dass ich jemandem davon erzähle. „... in das Steffen und ich vielleicht bald einziehen werden.“

Ein paar Sekunden lang herrscht Schweigen in der Leitung, dann holt Anne überrascht Luft.

„Ihr zieht zusammen? Dieser düstere Typ und du?“

„Er ist nicht düster. Er hat nur schwarze Haare und dunkle Augen.“

„Er *ist* düster“, beharrt Anne. „Könnte einer von den Outsidern sein.“

Ich muss kichern – wir haben den Film kürzlich zusammen mit Kathrin und den anderen beim weihnachtlichen Stall-Filmabend geguckt, und außer Wolf und mir haben alle am Schluss geheult. Sie hat gar nicht unrecht, Steffen würde gut in diesen Film passen, alleine wegen seiner Klamotten. Allerdings wäre er mindestens zwanzig Jahre zu alt für diese Jungs.

„Jedenfalls ziehen wir nicht einfach nur zusammen, sondern er – er will mich adoptieren."

„Oh, okay, das ... wow. Das wusste ich gar nicht."

Ich antworte nicht – noch immer schleichen Anne und ich mehr umeinander herum, als dass wir viel miteinander reden. Und noch immer fällt es mir schwer, über mich und meine Vergangenheit zu sprechen.

„Ich wollte das nicht an die große Glocke hängen, bevor es nicht sicher ist, ob es auch klappt. Aber seinem Antrag wurde stattgegeben. So sagt man das doch, oder?"

„Ja, sagt man", erwidert Anne nachdenklich. „Krass. Ich hätte Schiss vor dem. Aber du kennst ihn besser. Und du bist dann näher am Stall, ehrlich?"

„Ja. Wenn wir hier einziehen. Ich denke, das werden wir."

Wieder schweigen wir ein Weilchen und in unserer gemeinsamen Stille erinnere ich mich plötzlich daran, warum Anne angerufen hat.

„Also, was ist mit Avalon?"

„Er steht jetzt mit Saphir zusammen auf einer abgetrennten Weide mit Zugang zum kleinen Paddock. Das ist dir doch noch recht, oder?"

„Ja, klar." Wir hatten darüber gesprochen, als Anne das Pony im Internet gefunden und ihr Vater es ihr gekauft hatte. Avalon darf nicht zu den Stuten, solange er nicht gelegt wurde, und Saphir ist anderen Pferden gegenüber extrem sozial und freundlich. Zumindest war er das bisher, auch wenn es im Sommer so ausgesehen hatte, als hätte er eine alte Stute getötet ... Oh nein, bitte nicht. Bitte kein neuer Ärger. „Macht Saphir etwa Probleme?“

„Nein!“, antwortet Anne eilig. „Nein, gar nicht. Er lässt Avalon seinen Raum und hat ihn nicht ein einziges Mal in irgendeiner Weise attackiert. Es ist nur so, dass mein eigenes Pferd mich nicht an sich ranlässt.“ Jetzt klingt sie verzweifelt. „Sobald ich mich ihm nähere, dreht er mir den Hintern zu und läuft weg. Bei Kathrin ist es nicht anders. Er schlägt richtige Haken! Und Wolf muss sich nur an den Zaun stellen, da rennt er schon los, er mag wohl keine Männer. Übermorgen soll der Tierarzt kommen, er muss doch untersucht und außerdem bald gelegt werden ... Ich kann ihm nicht mal ein Halfter überziehen! Kannst du vorbeikommen und versuchen, ihn einzufangen, bitte?“

„Anne, ich ... müsste erst Steffen fragen. Und außerdem weiß ich nicht, ob ich dein Problem überhaupt lösen kann!“

Ich weiß nicht einmal, ob ich es überhaupt will. Denn irgendwie kann ich Avalon verstehen. Er ist bei den Wildpferden im Exmoor-Hochland geboren worden und dort aufgewachsen, in einer Herde, bis er im

Alter von drei Jahren von seiner Mutter getrennt und bei einem einheimischen Bauern auf die Wiese gestellt wurde. Jetzt hat er einen langen Transport hinter sich und zudem ist alles bei uns neu für ihn – die Umgebung, die Luft, die Enge der Weiden und der Paddocks, die Tränken, die Raufen, die anderen Pferde, die nicht so aussehen wie er, die vielen fremden Menschen. Ich würde es genauso machen und erst einmal niemanden an mich heranlassen. Doch das hilft Anne nicht weiter – und ihm auch nicht, denn untersucht werden muss er, daran geht kein Weg vorbei.

„Wenn es jemand kann, dann du. Bitte, Roxy. Du hast Saphir gezähmt ... einen hypersensiblen Vollblut-Araber ..."

Nein, das habe ich nicht. Ich habe nur akzeptiert, dass er ist, wie er ist. Und deshalb ist er mein Freund geworden – in einer Zeit, in der alle anderen ihn als Feind betrachteten. Manchmal kommt es mir vor, als würde ich mich an einen Albtraum erinnern, wenn ich daran zurückdenke, wie ich im Kastanien-Gestüt um Saphirs Leben gekämpft habe und Nolan ihn in letzter Sekunde gerettet hat, obwohl er sich damit nicht nur gegen seinen Vater und damit gegen den gesamten Stall, sondern auch gegen die Familie seiner Freundin gestellt hat. Ohne ihn wäre Saphir eingeschläfert worden, weil alle außer mir fest davon überzeugt waren, dass er bösartig und gefährlich ist. Dabei war er nur traumatisiert von der Rennbahn und brauchte mehr Raum und weniger Druck.

Anne braucht ebenfalls jemanden an ihrer Seite, der ihr mit ihrem Pferd hilft. Zumindest versuchen sollte ich es.

„Gut, ich frage Steffen, ob ich noch zum Stall darf. Aber ich kann dir nichts versprechen. Bis gleich."

Unter einem neuerlichen Ächzen erhebe ich mich, stecke das Handy wieder in die Tasche und gehe raus auf den gemütlichen, breiten Flur, um nach unten zu lauschen. Steffens Stimme ist leiser geworden und er hat aufgehört, hin und her zu laufen. Nun klingt er beinahe weich, er scheint nicht mehr mit Diana zu streiten, und deshalb wage ich es, langsam die Treppe hinunterzusteigen.

„Ja, das weiß ich doch und ich verstehe das, Liebes ..."

Liebes!? Erstarrt bleibe ich stehen. Steffen hat Diana „Liebes" genannt? Habe ich da etwas verpasst?

„Ich wollte das auch. Keine Ahnung, wie wir uns als Eltern gemacht hätten, aber ... wir hätten sie geliebt, das weiß ich."

Sie? Eltern – Diana und Steffen? Plötzlich ist mir wieder schlecht, aber dieses Mal nicht aus Nervosität, sondern aus Fassungslosigkeit. Über wen oder was sprechen die beiden da?

„Dieses ‚Wir' gibt es nicht mehr, Diana. Schon lange nicht mehr. Jetzt sind Roxy und ich das ‚Wir', und egal, wie du das findest, ich bin dir dankbar für ... für alles, was du für mich getan hast."

Jetzt verstehe ich gar nichts mehr. Diana und Steffen waren ein ‚Wir'? Und jetzt will er mit mir ein ‚Wir' sein? Verdammt, was redet er da nur für einen kranken Mist? Kopflos stürme ich die Treppe weiter hinunter, ich will nur noch weg von hier.

„Oh nein ... Kacke ... Roxy, bleib da, hey!" Steffen ist schneller als ich und erwischt mich an meinem Pulliärmel, bevor ich flüchten kann. „Diana, ich muss auflegen, wir reden morgen weiter. – Nein, Madame, du haust jetzt nicht ab!"

Bockig reiße ich mich los, bleibe aber stehen, denn weit wäre ich sowieso nicht gekommen. Wir sind mit seinem Wagen hier, und ich habe keine Ahnung, wo die nächste Bushaltestelle ist. Außerdem ist er nun mal mein Betreuer. Spätestens in der Wohngruppe wäre ich ihm wieder begegnet.

„Du und Diana wart ein Paar!?", rufe ich zornig. „Und jetzt willst du mit mir eines sein, sag mal, spinnst du!?"

„Verdammt, musst du immer genau das mit anhören, was man missverstehen kann?", bricht es gereizt aus Steffen heraus, und er fährt sich sofort mit der Hand über seinen Mund, als würde er bereuen, was er gesagt hat. „Mensch, Roxy, ich möchte dich als Tochter, wir haben so oft darüber gesprochen. Ich verstehe, dass du misstrauisch bist, aber lass mich dir erklären, was du gerade mitbekommen hast, und alles wird einen Sinn ergeben, in Ordnung? Ja?"

„Ich brenne darauf", gebe ich eisig zurück, ohne ihn anzusehen, aber ich kann riechen, dass ihm gerade vor Schrecken der Schweiß ausgebrochen ist.

„Ja, du hast richtig gehört, Diana und ich waren mal zusammen. Wir haben uns im Grundstudium kennengelernt. Ich war damals noch ein bisschen anders drauf. Softer. So ein typischer Sozialpädagoge. Kann dir mal Fotos zeigen, du würdest mich nicht wiedererkennen, glaub mir ..." Wieder fährt er mit den Fingern suchend über seine Brusttasche. „Wir waren ziemlich verliebt, haben nicht aufgepasst und sie ist schwanger geworden. Wir haben uns geeinigt, dass wir das hinkriegen, irgendwie, aber es war stressig, weil ihre Eltern sie zu einem Schwangerschaftsabbruch überreden wollten und wir nicht wussten, wie wir alles unter einen Hut bekommen sollen, Studium, Kind, kein Geld, wir kannten uns auch noch nicht lange ... Und dann –" Steffen gibt ein seltsames Geräusch von sich, halb Grunzen, halb Seufzen, und der Schmerz darin lässt mich aufhorchen. „Wir haben uns gestritten, sie hat sich in ihrer Wut ins Auto gesetzt, ist durch die Stadt gefahren, hat einen Unfall gebaut und ..." Er fährt sich fahrig mit den Händen übers Gesicht. „Sie hat es verloren. Es wäre ... es wäre ein Mädchen geworden."

Ich weiß nicht, was ich sagen soll. Ich hab mit allem gerechnet, aber nicht damit – dass meine beiden Betreuer mal ein Paar waren und sogar ein gemeinsames Kind erwartet haben, wo sie doch so grundverschieden sind und sich die vergangenen Monate immer wieder wegen mir gestritten haben. Doch jetzt ahne ich, warum. Diana hat Steffens Vatergefühle mir gegenüber nicht ertragen. Denn er wäre der Vater ihres eigenen Kindes geworden, wenn sie es nicht verloren hätte ...

„Deshalb habe ich angefangen zu saufen, Roxy. Weil ich das nicht ertragen hab, verstehst du? Diese Schuld."

„Du hattest doch gar keine Schuld ...", widerspreche ich mit rauer Stimme. „Sie ist gefahren, oder? Du hast sie nicht dazu gezwungen. Und außerdem ... ich hab mal in einer Doku gesehen, dass manche Babys einfach nicht bleiben wollen, weil es noch nicht so weit ist, und andere die schlimmsten Unfälle überstehen – also ..."

„Ja, das stimmt", entgegnet Steffen etwas ruhiger. „Aber damals wusste ich das noch nicht. Ich dachte, wenn ich nicht mit ihr gestritten hätte, wäre sie nicht mitten in der Nacht ins Auto gestiegen und ... und dann würde unser Mädchen leben."

„*Sie* hat dich von der Straße geholt, oder?", spreche ich aus, was ich auf einmal tief in meinem Bauch fühle. Diana hat das für Steffen getan, was er später für mich getan hat. Indirekt habe ich also auch ihr zu verdanken, dass ich jetzt nicht mehr auf der Straße bin.

„Ja", erwidert er düster. „Ja, sie hat irgendwann Frieden mit der Sache geschlossen. Ich hab einen Entzug gemacht, mein Studium wieder aufgenommen, und geschaut, dass ich das Leben von so vielen Kindern wie möglich retten kann, die keine guten Chancen im Leben haben. Das hat unser Baby nicht wieder lebendig gemacht, aber es hat mir geholfen, damit umzugehen. Und jetzt bin ich wieder so weit, dass ich mich dem Vatersein stellen kann, also – wenn es irgendwie geht: Hau nicht ab, Roxy. Bitte hau nicht ab."

„Ich hau nicht ab." Scheu boxe ich mit der Faust gegen seinen Oberarm. „Um diese Jahreszeit ist es ätzend auf der Straße. Weißt du doch."

„Oh ja, ich weiß es noch genau." Steffen lächelt vorsichtig. „Hier aber auch. Lass uns fahren, es wird langsam dunkel und – nein?", unterbricht er sich, als er mein Zögern bemerkt. „Du willst nicht fahren?"

„Ich würde gerne noch kurz zum Stall. Anne braucht meine Hilfe mit ihrem neuen Pferd. Ist das okay?"

„Hm." Steffen mustert mich mit einem prüfenden Blick. „Ihr habt euch angefreundet, was?"

„Kann sein. Ein bisschen vielleicht“, erwidere ich unsicher. Ich weiß nicht genau, was Freundschaften sind und wie man sie pflegt. Aber ich mag Anne, und obwohl sie wegen mir im Krankenhaus gelandet ist und ich wegen ihr vor Gericht stand, fühle ich mich mit ihr verbunden. Als wüsste sie mehr über mich als jeder andere Mensch – und bei ihr ist das ein schönes Gefühl, kein unangenehmes. „Jedenfalls ist ihr Exmoor-Hengst seit gestern da und will sich nicht einfangen lassen.“

Steffen unterdrückt ein Schmunzeln. Offenbar ahnt er, dass ich den Hengst bestens verstehen kann. „Na, von mir aus, ich fahre dich hin. Aber zum Abendessen um sieben bist du in der WG, in Ordnung?“

„Kein Thema, danke.“ Es ist sowieso bald stockdunkel und dann werden wir Avalon auf der Weide nicht mehr sehen können. Aber ich möchte Anne nicht im Stich lassen.

„Roxy ...“ Steffen wagt es, mir über den Oberarm zu streichen, und ich zucke nicht zurück. Auch das hat sich verändert. „Ich will dich nicht unter Druck setzen, aber es gibt viele Interessenten für dieses Haus und ich konnte es reservieren lassen, deshalb – sollen wir es wagen? Meinst du, du wirst dich hier wohlfühlen?“

Stumm schaue ich mich ein letztes Mal um. Es ist wirklich lausig kalt in diesen kahlen Wänden und bereits so dämmrig, dass ich kaum mehr in die Ecken sehen kann. Doch dann habe ich plötzlich eine Vision, wie ein wärmendes Feuer in dem urigen Kamin brennt und Moses davor auf seinem zerfetzten Hundekissen liegt und schnarcht und Steffen in der Küche werkelt und ich auf der halben Treppe stehe und zu ihm runterschaue – und weiß, dass er mich niemals zwingen wird, nach dem Abendessen neben ihm auf dem Sofa zu sitzen. Doch er würde mich auch niemals wegschicken, wenn ich zu ihm kommen möchte, weil ich ihn brauche. Er war für mich da, wenn es eng wurde – immer. „Ja, ich glaube ... es könnte klappen."

Ich habe keine Ahnung, ob es klappen wird. Doch so geht es mir jeden Tag, wenn ich mit Saphir in den Wald reite. Manchmal schaffen wir es nur bis zur ersten Wegbiegung. Aber wir geben nicht auf. Dann klappt es eben an einem Tag ein bisschen und am nächsten Tag wieder nicht und am dritten Tag wieder ein bisschen. Entscheidend ist, dass wir es versuchen.

„Danke, Fledermaus", brummt Steffen so undeutlich, dass ich seine Worte nur erahnen kann, klopft mir unbeholfen auf die Schulter und geht mir voraus nach draußen in den eisigen, dichten Januarregen. „Wird schon schiefgehen."

Ja, das wird es mit Sicherheit, immer wieder ein bisschen – und trotzdem kann ich kaum erwarten, damit anzufangen.

Scheu und wild

„Das ist nicht gut …“, wage ich endlich auszusprechen, was ich seit Minuten denke. Im Kastanien-Gestüt war es nie gut angekommen, wenn ich mich eingemischt hatte, wenn es um Pferde ging – und noch immer fällt es mir schwer.

„Was?“ Fragend dreht Kathrin sich zu mir um und auch Wolf und Illi wenden ihre Blicke zu mir.

„Hier am Zaun zu stehen und ihn anzustarren.“

„Wir starren doch nicht“, entgegnet Illi erstaunt. „Wir schauen nur zu ihm rüber …“

„Für ihn ist es Starren“, widerspreche ich so freundlich wie möglich. „Dieses direkte Anschauen. Er fühlt sich dadurch fixiert wie von Raubtieren.“

„Ich will ihm doch nur helfen …“, wispert Anne den Tränen nahe. „Er muss untersucht werden!“

Schon den dritten Tag hintereinander versuchen wir, Avalon einzufangen und zu halftern – ohne jede Chance. Er ist wendig und geschickt und vor allem hellwach. Und wer weiß, was Halfter und Strick bedeuten. Es ergibt für mich keinen Sinn, damit überhaupt noch auf die Weide zu gehen, aber für die anderen ergibt es keinen Sinn, ohne Halfter auf die Weide zu gehen. Denn seit gestern hustet er. Und selbst aus der Ferne erkenne ich, dass sein Atem schwer geht und seine Flanken sich dabei angestrengt heben und senken. Das kann Angst sein, ich kenne diese Symptome von Saphir, wenn er gestresst ist. Doch auch ich habe Avalon vorhin husten gehört, trocken und kurz, und es klang nicht gut. Anne hat recht, er muss untersucht werden.

Es wird nur nicht gelingen, wenn jede Menge Menschen am Zaun stehen, die pausenlos durcheinander plappern und ihn immer wieder mit den Augen fixieren. Das haben wir jetzt drei Nachmittage hintereinander gemacht und es führt uns nicht weiter.

„Könnt ihr mich mit ihm alleine lassen?"

Anne zuckt leicht zusammen, als habe sie meine Frage erschreckt, und die anderen, die eben laut überlegt haben, ob sie noch einen Versuch starten, ihn mit Müsli zu locken, verstummen getroffen.

„Es ist nicht böse gemeint, aber ... je weniger Menschen hier sind, desto besser, glaube ich."

„Wir wollen Anne nur helfen!", wendet Illi ein. „Wir haben schließlich alle Ahnung von Pferden!"

„Nein, sie hat recht." Anne schluckt und schiebt sich

zwischen mich und die anderen, um mir das Halfter in die Hand zu drücken. „Roxy soll es versuchen. Alleine."

Wie nebenbei lasse ich das Halfter in das nasse Gras am Zaun fallen, sodass Avalon es nicht mehr sehen kann. „Ich versuche es erst einmal lieber ohne Halfter. Er ist zu klug, er weiß genau, was wir damit vorhaben."

Avalon wendet seinen kräftigen Hals und schaut zu uns herüber, als habe er meine Worte verstanden. Wieder fällt mir auf, wie unterschiedlich er und Saphir sind. Saphir wirkt neben ihm wie das edle Ross eines orientalischen Prinzen aus Tausendundeiner Nacht, doch auch Avalon strahlt Würde und Kraft aus. Sein Winterfell ist dicht und dunkel, und der weiße Ring um seine Augen lässt sie noch tiefer wirken, als sie ohnehin schon sind. Er gehört hier nicht her, denke ich mit einem ziehenden Gefühl im Herzen. Er muss frei sein ...

Saphir war von Beginn an menschenbezogen, und sobald ich auf die Weide komme, läuft er mir hinterher wie ein Hündchen. Auch auf dem Platz arbeiten wir vollkommen frei zusammen, ohne Halfter und Strick. Aber Avalon möchte keinem Menschen hinterherlaufen. Er versteht nicht, was sie von ihm wollen und warum sie ihn aus seiner Herde gerissen haben. Und er braucht sie nicht.

„Roxy ...?", holt Anne mich fragend aus meinen Gedanken. „Was willst du jetzt tun? Morgen kommt Lubeck wieder und dann ..."

„Ich weiß es nicht", antworte ich ehrlich. „Ich überlasse das Avalon."

Illi unterdrückt ein Stöhnen und Kathrins Lächeln kann es nicht wettmachen – denn es wirkt bemüht und nicht so, als fände sie gut, was ich sage.

„Also, ich vertraue Roxy." Anne klingt ein wenig trotzig, aber entschieden. „Wir sollten sie mit Avalon alleine lassen. Außerdem haben wir alles andere schon versucht, der nächste Schritt wäre eine Sedierung, und das will ich auf keinen Fall." Ihre Stimme bebt, doch sie schluckt ihre Tränen herunter. „Viel Glück, Roxy. Ich bin in der Hütte, wenn du mich brauchst."

Es dauert ein paar Sekunden, bis sich auch die anderen vom Zaun lösen und zurück zu den Stallungen gehen. Sie sprechen gedämpft miteinander und wahrscheinlich geht es dabei um mich. Doch das Raunen ist nicht mit jener Feindschaft getränkt, wie ich sie auf dem Kastanien-Hof wahrgenommen habe, wenn ich ausgesprochen habe, was Saphir meiner Meinung nach braucht, sondern eher mit Ratlosigkeit und leisem Zweifel an meinen Methoden. Die keine Methoden sind.

Denn auch für mich ist die Situation neu. Bisher sind die Pferde immer auf mich zugegangen und nicht vor mir weggelaufen – und würde ich Avalon in freier Wildbahn begegnen, würde ich mich ihm niemals nähern. Ich würde mich in Sichtweite auf den Boden setzen und ihm diese Entscheidung überlassen. Es gäbe keinen Zeitdruck, keine Erwartungen, keine wichtigen Termine; er müsste nicht in meine Nähe kommen. Er ist so schön, so stolz, auch aus der Ferne. Sollte das nicht genügen?

Eine Weile bleibe ich mit gesenkten Lidern am Zaun stehen und warte darauf, dass mein Herzschlag ruhiger wird. Noch immer stresst es mich, mit anderen Menschen zu sprechen; ich bin lieber still. Jetzt darf ich es sein. Wolf fährt gerade vom Hof, Kathrin kümmert sich um die Hühner und auch Illi entfernt sich. Anne wird Wort halten und in der Hütte bleiben, ich weiß es.

Doch es dauerte einige Minuten, bis ich das Gefühl habe, wirklich alleine und unbeobachtet zu sein. An der leichten Wärme auf meinem Gesicht erkenne ich, dass Saphir zu mir gekommen ist; anderen gegenüber ist er immer noch skeptisch und hält Sicherheitsabstand. Mit einem leisen, zarten Prusten begrüßt er mich über den Zaun hinweg und lässt seine Nüstern spielerisch über meine linke Wange wandern. Ich lasse ihn gewähren, ohne etwas zu sagen oder zu tun; unsere Zwiesprache ist meist frei von Worten und Handlungen.

Obwohl ich meine Augen auf den Boden gerichtet habe, spüre ich, dass Avalon seinen Kopf zu uns gewandt hat und uns beobachtet. Wie nebenbei gehe ich leicht in die Knie, schlüpfe zwischen den tickenden Litzen hindurch und bleibe bei Saphir stehen, der wie so oft damit beginnt, meine Haare zu durchwühlen, als würden sie für ihn besonders gut riechen.

Meine herunterhängenden Hände wende ich in Avalons Richtung, damit er sehen kann, dass ich weder ein Halfter noch einen Strick trage. Ich bewege mich nicht vom Fleck, allerdings ohne dabei zu erstarren, wie es die Spaziergänger oft tun, denen ich im Wald begegne, wenn ich mit Saphir unterwegs bin. Sie stellen sich stocksteif an einen Baum und wagen nicht, sich zu rühren – und genau das ist es, was in Saphir Angst auslöst. Manchmal geht er dann keinen Schritt mehr vorwärts.

Deshalb beginne ich mit der Linken, Saphir über den Hals zu streichen, dessen Fell sich so schön weich und puschelig anfühlt. Nolan hatte zuerst darauf bestanden, dass er eine Decke anzieht, Tag und Nacht, weil Saphir als Vollblut-Araber mit den hiesigen Wintertemperaturen nicht umgehen könne. Doch ich konnte ihn überreden, es ohne zu versuchen; schließlich ist es in der Wüste nachts auch kalt. Jetzt hat er ein dichtes, blauschwarz schimmerndes Winterfell bekommen und ich habe ihn bislang nicht ein einziges Mal zittern sehen. Geschneit hat es noch nicht, aber ich kann es kaum erwarten, ihn über die weiß verzauberte Weide galoppieren zu sehen.

Noch immer hat Avalon uns im Blick – aufmerksam und bereit, jeden Moment davonzustürmen. Die Weide ist gar nicht allzu groß, aber er ist so wendig und schnell in seinen Reaktionen, dass wir bisher die Unterlegenen waren – und ich habe mir gar nicht erst die Mühe gemacht, ihm hinterherzulaufen. Selbst als die anderen mit vereinten Kräften und Gerten in den Händen versucht haben, ihn einzukesseln, hat er es geschafft, sie auszutricksen.

Langsam lasse ich meine Hand wieder sinken, wende mich leicht zur Seite und gehe ein paar gemächliche Schritte vorwärts, nicht in Avalons Richtung, sondern ins entgegengesetzte Eck der Weide, und wie immer folgt Saphir mir, als gäbe es zwischen uns eine unsichtbare Verbindung. Auch jetzt glaube ich spüren zu können, dass Avalon uns genau beobachtet, und Saphir gibt ein kaum hörbares Brummeln von sich, fast wie eine Aufforderung, bleibt jedoch an meiner Seite.

Ein kalter Wind pfeift über die Weide und drückt die letzten grünen Grashalme platt, während der weiche Boden schmatzend unter meinen Sohlen nachgibt, und ich muss konzentriert bleiben, um nicht zu straucheln.

Saphir hat es mit seinen vier Beinen leichter und schreitet elegant wie immer neben mir her. An dem knorrigen Apfelbaum am Rande der Weide bleiben wir stehen, halb mit dem Rücken zu Avalon – und nun spüre ich eine Bewegung hinter uns.

Doch vielleicht sind meine Gedanken zu fordernd, zu hoffnungsvoll – Avalon steht noch an derselben Stelle wie eben, und ich höre ihn erneut husten, trocken und kurz. Es muss mir egal werden, ob er zu uns kommt oder nicht – aber wie bekomme ich das hin? Indem ich an etwas anderes denke? Vielleicht an Nolan?

Es ist im Moment nicht besonders erfreulich, an Nolan zu denken. Aber es lenkt mich in Sekundenschnelle ab. Er ist schon seit einigen Wochen als Sportsoldat in Warendorf, wo er auf seine Olympia-Qualifikation hinarbeitet, und als würde es dort ein Verbot geben, mit ehemaligen Straßenkindern Kontakt zu halten, meldet er sich kaum mehr. Dabei waren wir fast so etwas wie ein Paar gewesen, nachdem er Saphir gekauft und ihn damit vor dem Einschläfern bewahrt hat. Sogar von Isabella hatte er sich getrennt ... Trotzdem will ich mich nicht bei ihm melden. Ich hasse das Gefühl, mich ihm aufzudrängen – und ich hasse das Gefühl, unsere beiden Leben nicht stimmig miteinander verbinden zu können. Seines ist glanzvoll und voller Erfolge, ich weiß das, ohne ihn zu googeln. Fast jedes Wochenende ist er auf einem anderen Turnier unterwegs und wahrscheinlich platzt sein Vater vor Stolz. Isabella verdränge ich sofort wieder aus meinem Kopf, doch was ich auf keinen Fall vergessen kann, sind diese verschworenen, zärtlichen Augenblicke, die ich mit ihm auf unserem Stall-Sommerfest erlebt habe, abseits der anderen – und die mir mit jedem Tag unwirklicher erscheinen.

Fast hätten wir uns geküsst. Unsere Münder waren sich so nahe gewesen, dass ich seinen Atem auf meiner Haut gespürt habe, aber dann sind Kathrin und Wolf lautstark plaudernd in den Stall gestürmt und wir hatten uns so eilig voneinander losgerissen, dass ich mir dabei versehentlich auf die Zunge gebissen habe. Seitdem haben Nolan und ich keine Sekunde mehr alleine verbracht. Er hat mir ein paar Mal Reitunterricht gegeben, wenn er während der Grundausbildung am Wochenende hier war, aber musste anschließend immer zu einem wichtigen Termin, und wichtige Termine gibt es in seinem Leben nach wie vor reichlich. Nolan gehört seit Jahren fest zur westfälischen Reiter-Schickeria und die Familie von Isabella auch. Das verbindet die beiden nach wie vor, auch wenn Nolan nicht mehr als Model für den Reitsport-Katalog von Iabellas Mutter arbeitet. Die Hilberts und Hohensteins sind immer noch eng miteinander befreundet.

Im Spätsommer und Herbst hat mich das noch nicht gestört. Ich war überglücklich, mit Saphir zusammen zu sein und mit ihm nach Herzenslust durch die Natur streifen zu können – ein Traum, der endlich wahr geworden war. Doch jetzt muss ich langsam einsehen, dass Nolan mit seinen Unkenrufen zum Thema *Offenstall im Winter* nicht ganz unrecht hatte.

Das ständige Ausmisten unter freiem Himmel ist knochenhart. Neun Pferde machen eine Menge Mist, wenn sie fast den ganzen Tag an den Raufen stehen. Hat es viel geregnet, werden die Pferdeäpfel so schwer, dass ich es manchmal kaum schaffe, die Schubkarre auf den Misthaufen zu fahren und auszuleeren. Wegen der kurzen Wintertage muss ich nach meinem Mistdienst meistens gar nicht mehr darüber nachdenken, ob ich noch etwas mit Saphir unternehme oder nicht. Wir haben keine Halle, wir können unsere Pferde nur draußen reiten oder bewegen, und der kleine Platz steht unter Wasser.

All das ist nicht zu vergleichen mit meinem Leben auf der Straße, doch an manchen Nachmittagen möchte ich Nolan anrufen und ihn zur Schnecke machen, weil er nicht da ist und mir hilft – schließlich ist Saphir sein Pferd. Aber eigentlich geht es darum gar nicht. Ich habe das Gefühl, dass er mich vergessen hat. Das ist es, was an mir nagt – besonders dann, wenn ich tonnenschwere Schubkarren durch den kalten Regen schiebe; etwas, was er im Kastanien-Hof nie tun musste. Ein dunkles Seufzen löst sich aus meiner Brust, weil sie wie jedes Mal zu schmerzen anfängt, wenn ich merke, dass er mir fehlt, und ich hebe erstaunt das Kinn, als fast zeitgleich ein zweites Seufzen ertönt, nicht weit entfernt von dem dösenden Saphir und mir – eindeutig ein Pferdeseufzen.

Wie zur Antwort atme ich ein weiteres Mal tief durch, jedoch ohne den Schmerz und die Schwere darin – und erneut ertönt das Echo von Avalon. Er muss direkt hinter uns sein. Auch Saphir gibt jetzt ein leises, lang gezogenes Schnauben von sich, das sich anhört wie ein Beruhigungslaut – als wolle er Avalon sagen: Es ist alles in Ordnung, du kannst bei uns bleiben, dir wird hier nichts geschehen.

Doch Avalon wirkt auch aus der Nähe nicht panisch auf mich. Seine Scheu hat nichts mit nackter Angst zu tun, und zudem sondert er nicht jenen scharfen Schweißgeruch ab, den ich bei Saphir im Kastanien-Hof oft wahrgenommen habe. Er ist vor allem misstrauisch, und ich kann ihm das nicht übelnehmen, denn er erinnert mich dabei an mein Verhalten Steffen gegenüber. Es gibt Augenblicke, in denen ich nichts als tiefes Vertrauen ihm gegenüber spüre – und Augenblicke, in denen es sekundenschnell in Misstrauen umschlägt und ich mich nur noch in Sicherheit bringen möchte. Dieses Gefühl hat im Moment vor allem mit dem neuen Haus zu tun. Zum Glück lässt Steffen mich in Ruhe und gibt mir meinen Freiraum.

Geht es Avalon genauso? Hat er begriffen, dass ich nichts Konkretes mit ihm vorhabe? Ein warmer, sanfter Hauch streift meinen Nacken – er muss seinen Hals gestreckt haben, um mich zu beschnuppern. Obwohl das Gras nass und kalt ist, lasse ich mich vorsichtig darauf nieder und bleibe still sitzen, während Avalon prüfend gegen meinen Hals atmet. Heute darf ich ihn noch nicht berühren, das wäre zu viel für ihn – und wir müssten morgen wieder von vorne anfangen. Ich glaube, ein leises, verschleimtes Rasseln in seinen Bronchien zu hören, und mein Herz zieht sich dabei krampfhaft zusammen. Er ist wirklich nicht gesund. Doch sein Atem riecht normal, sogar reiner als bei unseren anderen Pferden. Auch kann ich seine geballte, urwüchsige Kraft spüren, als sei er mit seinen Hufen fest mit dem Erdreich unter ihm verbunden. Wäre Saphir ein Himmelspferd, wäre er ein Erdpferd.

Obwohl es mich reizt, sein dichtes, drahtig wirkendes Fell zu berühren und mich zu ihm umzudrehen, lasse ich meine Hände in meinem Schoß ruhen und sage nichts, weil ich fürchte, ihn mit meiner Stimme zu erschrecken. Alles, was wir tun, ist, zusammen zu atmen, Saphir, Avalon und ich, und erst als Avalon sich nach einem weiteren ausgiebigen Beschnuppern meines Halses und meiner Haare abwendet, um ein paar Schritte zu gehen und den Kopf zum Grasen hinunterzunehmen, erhebe ich mich wieder und streiche Saphir ein letztes Mal über seine Nüstern. Mein Hosenboden ist feucht und meine Füße spüre ich vor Kälte kaum mehr. Auch ist es so dunkel geworden, dass die Weide mit dem Wald zu verschmelzen scheint. Die Zäune sind nicht mehr zu sehen, nur die regelmäßig aufblitzenden, tickenden Funken an der Litze mit dem Stromgerät weisen mir den Weg und verraten, dass es für Avalon von nun an keine Freiheit mehr gibt.

Erst als ich die Weide verlassen habe, beschleunige ich meine Schritte, um wieder Wärme in meine Knochen zu bekommen, und steuere ohne Verzögerung die schwach erleuchtete Hütte an. Anne sieht genauso verfroren aus, wie ich mich fühle, und hat sich auf den Radiator gesetzt, um nicht auszukühlen.

„Und?“, fragt sie hoffnungsvoll, doch ich sehe, dass sie geweint hat.

„Er ist nach einer Weile zu mir gekommen. Aber ich hab ihn in Ruhe gelassen. Ich glaube, das dauert noch ein paar Tage, bis ich ihn halftern kann.“

„Oh nein ... Scheiße ...“ Stöhnend vergräbt Anne ihr Gesicht in ihren Händen. „Ich war so naiv und doof ...“

„Wieso doof?" Ich glaube, sie weint wieder, und ich weiß nicht, was ich tun soll. Nur vor ihr zu stehen und ihr dabei zuzusehen, kommt mir blöd vor, doch ich schaffe es auch nicht, sie zu berühren oder gar in den Arm zu nehmen.

„Na, weil ich dachte, ich bin bereit für ein eigenes Pferd, ja, sogar für einen Wildie ... und jetzt kann ich ihm nicht einmal helfen, wenn er krank ist. Ich kann ihn auch nicht zurückgeben, der Bauer wird ihn nicht nehmen, und der Rücktransport ist sowieso viel zu teuer ... außerdem will ich das eigentlich auch nicht ..."

Okay, sie weint wirklich. Verdammt, was mache ich nur mit ihr? Unbeholfen setze ich mich neben sie auf die gluckernde Elektroheizung. Oh Gott, tut das gut. Seufzend schließe ich meine Augen und zermartere meinen Kopf, welche Worte ihr jetzt helfen könnten. Doch Anne scheint gar nicht darauf zu warten, dass ich etwas sage.

„Ich hatte ja gelesen, dass die Wildies meistens schnell Vertrauen fassen und man eine einzigartige Beziehung zu ihnen aufbauen kann, gerade weil sie noch keine schlechten Erfahrungen mit Menschen gemacht haben", spricht sie schluchzend weiter. „Aber Avalon kann mich offenbar nicht ausstehen, er rennt nur vor mir weg ..."

„Ich glaube, er mag es einfach nicht, wenn man etwas von ihm will."

„Ich will ihm helfen!" Anne kramt ein zerknülltes Taschentuch aus ihrer Hose und schnäuzt sich trötend. „Ich will ihm nichts Böses ..."

„Wollte Steffen auch nicht", erwidere ich achselzuckend. „Trotzdem hab ich mich vor ihm versteckt, wann immer es ging. Ganze acht Wochen lang."

„Na, der ist ja auch gruselig." Anne versucht sich an einem Grinsen und wischt sich die Tränen von den geröteten Wangen. „Ich bin doch nicht so gruselig wie der ..."

„Für Avalon vielleicht schon."

„Boah, Roxy ...!" Anne rollt übertrieben mit den Augen. „Du bist echt nett, danke."

„Er weiß halt nichts von Tierärzten und Impfungen und Behandlungen. Und dass das gut für ihn ist. Für ihn sind wir nur komische Gestalten mit komischen Sachen in der Hand, die komische Geräusche von sich geben und ihm ständig hinterherlaufen. Das *ist* gruselig."

„Aber was ist, wenn das so bleibt und wir ihm nicht helfen können – und er eines Morgens tot auf der Weide liegt? Denn das packe ich nicht, Roxy, ehrlich, so was packe ich nicht schon wieder ..."

Ich weiß, was Anne meint. Vor nicht allzu langer Zeit

ist ihre Mutter an unheilbarem Krebs gestorben – und jetzt hat sie Angst, die gleiche Ohnmacht bei Avalon zu erleben.

„So schnell sterben Pferde nicht." Ich bringe es immer noch nicht fertig, ihr den Arm um die Schulter zu legen, aber ich drücke meine Schulter leicht gegen ihre und sofort lehnt sie sich dagegen. „Auf mich wirkt Avalon stark und robust."

„Aber er hustet ..."

„Ja. Das hab ich auch auf der Straße, wochenlang. Mir hat die Lunge dabei zum Zerreißen wehgetan. Und ich lebe noch. Dabei hatte ich damals kein Winterfell ..."

„Ach, Roxy." Anne löst ihre Schulter wieder von mir, stößt mich aber leicht mit ihrem Ellenbogen an. „Ich wünschte, ich hätte dein Urvertrauen."

Urvertrauen? Ich weiß nicht einmal, was das ist – Urvertrauen ... Und ich glaube kaum, dass ich es in mir trage. Doch wir haben keine andere Wahl, als abzuwarten. Avalon braucht Zeit, um einen Menschen in seiner direkten Nähe dulden zu können.

„Gib mir ein paar Tage. Verschieb den Tierarzt. Und dann schauen wir weiter, okay?", schlage ich Anne vor, die schweigend auf ihre verdreckten Stiefelspitzen starrt. Wir sehen beide aus, als hätten wir uns im Schlamm gewälzt.

„Uns bleibt wohl nichts anderes übrig. – Was soll ich

meinen Freundinnen morgen nur sagen, wenn sie mich fragen, wie es mit meinem neuen Pferd läuft?"

„Ist das echt wichtig?"

„Na ja, ich ... Keine Ahnung. Für mich schon irgendwie."

„Dann sag ihnen halt, dass Avalon wunderschön ist und du es liebst, ihn anzuschauen", schlage ich ihr vor.

„Das wäre gelogen, Roxy. Ich habe Angst, wenn ich ihn anschaue." Anne schüttelt den Kopf, als würde sie sich über ihre eigenen Worte wundern. „Egal, ich muss jetzt nach Hause, Papa wartet sicher schon. Wann zieht ihr um, der Outsider und du?"

„Am Wochenende." Ein unangenehmer Schauer rieselt über meine Wirbelsäule. Noch nie habe ich mich in meinem WG-Zimmer so wohl und geborgen gefühlt wie in den vergangenen Tagen. Je näher der Umzug in dieses Haus rückt, desto weniger weiß ich, ob ich es auch nur einen Tag mit Steffen dort aushalte, wenn die anderen nicht in der Nähe sind. Clemens und Larissa und sogar Diana. Ja, selbst sie kommt mir plötzlich vor wie ein Mensch, auf den ich nicht verzichten kann – dabei habe ich bisher jede Möglichkeit genutzt, mich vor den Gesprächen mit ihr zu drücken. Aber sie war so eine Art zuverlässiges Bollwerk zwischen Steffen und mir.

„Ich kann vorbeikommen und dir helfen, dein Zimmer einzurichten, wenn du magst und wenn das für Steffen in Ordnung ist", bietet Anne mir schüchtern an. „Wir könnten abends Pizza bestellen und sie auf dem Boden essen, bei Kerzenlicht, das macht man doch so bei Umzügen, oder?"

„Ja, in amerikanischen Sitcoms schon." Ich muss lachen, obwohl mir nicht nach Scherzen zumute ist, und fühle mich gleich ein wenig leichter ums Herz. Doch, das ist eine gute Idee. Vielleicht kann ja auch Anne ein Bollwerk zwischen Steffen und mir sein. „Ich frag ihn nachher und sag dir Bescheid, ja? Und morgen mache ich nach der Schule weiter mit Avalon."

„Klasse, danke. Bis bald, Roxy." Anne hievt sich von der Heizung hoch, grinst noch mal schief und verschwindet nach draußen.

Ich bleibe auf dem summenden Radiator sitzen, bis mein Hosenboden wieder einigermaßen trocken ist und ich mich lebendig genug fühle, um mich auf mein Rad zu schwingen und in die WG zu fahren.

Während der feuchte, nach frischem Regen riechende Wind mir die Haare aus der Stirn weht, fange ich langsam an zu begreifen, dass sich in wenigen Tagen alles verändern wird – und der Quellenhof bald nicht mehr mein Zuhause sein wird.

Eine andere Jugendliche wird mein Zimmer beziehen und mit den anderen Gesprächsabende führen und Ausflüge unternehmen und gemeinsam Pizza essen – wie sehr habe ich es gehasst, und wie sehr fürchte ich mich jetzt davor, es hinter mir zu lassen.

Doch Steffen hat den Mietvertrag unterschrieben und wider Erwarten unsere Probezeit genehmigt bekommen. Ich hab ihn zu gerne, um einen Rückzieher zu machen.

Doch nachts, in meinen Träumen, breche ich mit Avalon und Saphir durch den Zaun und wir laufen und laufen, bis wir das Meer erreicht haben und seine Wellen vor uns tosend über den Sand schäumen – und wir endlich wieder frei sind.

Falsch verbunden

„Sorry, ich kann das nicht." Abwehrend lege ich das Handy zwischen Anne und mir auf den Boden. Obwohl in meinem Zimmer inzwischen ein breites Bett und ein Sofa stehen, hat sie sich nicht davon abbringen lassen, sich mit mir auf den gestreiften, flauschigen Teppich zu setzen, den Steffen heute Nachmittag von Ikea mitgebracht hat. So macht man das eben bei Umzügen, hat sie gesagt, man isst auf dem Boden, umgeben von Kerzen. Auch die habe ich anzünden müssen. In manchen Dingen kann Anne sehr stur sein. Dazu zählt auch ihre Idee, dass ich Nolan anrufen soll, um ihn wegen Avalon um Rat zu fragen.

„Du schaffst es, dass ein halbwildes Pferd sich nach nur drei Tagen von dir halftern und führen lässt, aber kannst deinen Freund nicht anrufen?"

„Er ist nicht mein Freund."

„Was denn bitte dann?" Fragend zieht Anne ihre Mundwinkel nach oben.

„Der Besitzer von Saphir ...“, antworte ich ausweichend und verdrehe die Augen. Ja, das klingt bescheuert, ich weiß es selbst.

„Ihr habt geknutscht beim Sommerfest auf dem Müllerhof ...“

„Haben wir nicht!“ Oh je, jetzt laufe ich auch noch rot an! „Wir haben ... ach, was weiß denn ich. Jedenfalls haben wir nicht geknutscht.“

„Ihr wart zusammen in einer Box und Nolan hatte Stroh im Haar. Du auch. Also irgendwas habt ihr miteinander gemacht.“

„Aber nicht geknutscht. Nicht mal geküsst.“ Das klingt irgendwie enttäuscht, und es fuchst mich, dass Anne das vielleicht so verstehen könnte. Denn ich hätte an diesem Abend gar nicht so weit gehen können, es wäre zu früh gewesen.

„Trotzdem, er mag dich. Und vielleicht freut er sich, wenn du anrufst, um ihn um Rat zu fragen. Und kann uns am Ende wirklich helfen.“

„Glaubst du echt, er weiß mehr als der Lubeck? Er ist kein Tierarzt, sondern Sportsoldat in der Ausbildung.“

„Und hat schon sein ganzes Leben mit Pferden zu tun. Was der Lubeck bestimmt nicht vorweisen kann, dazu hat er viel zu viel Arbeit.“ Mit dem Fuß schiebt Anne das Handy wieder ein Stückchen in meine Richtung. „Komm schon, Roxy. Avalon zuliebe.“

Aufstöhnend gebe ich nach. Avalon geht es wirklich nicht gut. Seine Lunge rasselt inzwischen total verschleimt und seine Nüstern sind so stark geweitet, wie ich es bei Saphir selbst in größter Panik noch nicht gesehen habe. Jeder Atemzug scheint ihn Kraft zu kosten.

Weil das verordnete Kortison offenbar nicht anschlägt, hat Lubeck bei seiner letzten Untersuchung, während der Avalon völlig apathisch wirkte, eine ambulante Lungenspülung vorgeschlagen, doch diese Behandlung ist nicht frei von Risiken. Es könnte sein, dass Avalons Kreislauf dabei zusammenbricht oder er eine Kolik bekommt, denn ihm würden mehrere Liter Kochsalzlösung durch eine Sonde eingeflößt, die anschließend teilweise wieder über die Lungenschleimhaut abgegeben werden. Das kann den hartnäckigen und zähen Schleim anlösen. Eine Garantie gibt es nicht – auch nicht dafür, dass Avalon diese Behandlung überlebt.

Anne hat Rotz und Wasser geheult, nachdem Lubeck weg war, doch noch steht die Bronchoskopie aus und erst danach kann er sagen, was der nächste Schritt sein wird und ob dieses Pferd noch zu retten ist. Entscheiden muss es sowieso Anne und sie sucht nach jedem Strohhalm, den sie finden kann. Nolan ist einer davon. Also werde ich diesen Strohhalm anrufen müssen.

Ich fühle ein Drücken im Magen, als ich seine Nummer aus der Kontaktliste heraussuche. Ich habe ihn erst ein einziges Mal angerufen, in einer absoluten Notsituation – vor unserer ersten Umarmung. Obwohl wir inzwischen viel vertrauter sind als damals, fällt es mir ungleich schwerer. Es kommt mir beinahe vor, als hätte ich nicht das Recht dazu.

„Freizeichen", vermelde ich knapp, als das Tuten in der Leitung ertönt, und will Anne gerade verkünden, dass Nolan wohl im Training ist und nicht drangehen kann, als er plötzlich abhebt.

„Ja? Hallo?" Seine Stimme klingt leise in dem Gewirr aus Lachen, Musik, angeregten Gesprächen und Gläserklirren, das ihn umgibt, und ich habe spontan Lust, das Handy in die Ecke zu werfen. „Kleinen Moment, Roxy, ist gerade schlecht hier ..."

„Hier auch", entgegne ich ruhig, doch er scheint mich nicht verstanden zu haben.

„Was hast du gesagt? – Sekunde noch ..." Nun mischen sich seine Schritte ins Stimmengewirr und langsam entfernen sich die Geräusche ein wenig, dringen nur noch gedämpft aus einiger Ferne zu mir durch. „Roxy, bist du noch dran?"

„Ja."

„Hey, Nole, wir brauchen dich hier!", ruft eine helle Frauenstimme und eine andere fällt kichernd ein. „Ja, wir wollen anstoßen!"

Jetzt verknotet sich mein Magen endgültig. Ich möchte nicht mit ihm sprechen.

„Moment, Jessy, okay? Ich bin gleich wieder bei euch. – Ist was mit Saphir?"

„Nein." Gereizt atme ich durch. „Es geht um ein anderes Pferd, das von Anne und ..." Irgendetwas muss gerade furchtbar lustig gewesen sein – in Nolans Gesellschaft wird jedenfalls in diesem Moment gelacht und gejubelt, und nur Annes Augen, die hoffnungsvoll an meinem Gesicht hängen, halten mich davon ab, dieses ätzende Gespräch auf der Stelle zu beenden. „Kannst du mich überhaupt hören?"

„Schlecht. Warte einen Augenblick." Wieder ertönen seine Schritte, dann klappt eine Tür. „Jetzt ist es besser."

„Party?"

„Ach, Jessica hat Geburtstag und wir feiern bei mir im Zimmer ..."

„Wieso nicht bei ihr im Zimmer?"

Gott, was für eine bescheuerte Frage – es geht mich nichts an. Auch wenn es sich blöd anfühlt.

„Weil meins größer ist ...?", erwidert Nolan fragend und ich kann nicht erkennen, ob er amüsiert oder leicht genervt ist. „Also, erzähl, was los ist, unser Sushi kommt gleich und wir wollen nachher noch weggehen." Klasse, auch das noch. Fisch-Aas und Nolan mitten in einer Horde Frauen in Schickimicki-Bars. Einen

Moment lang wünsche ich mir, er wäre noch mit Isabella zusammen. Jetzt scheint er fünf Isabellas um sich geschart zu haben.

Trotzdem atme ich ein weiteres Mal tief durch, denke fest an Avalon und berichte, was ich über seine Erkrankung weiß, in der Hoffnung, dass ich die Fremdwörter richtig ausspreche und Nolan begreift, dass Avalon wirklich Hilfe braucht.

„Hast du eine Idee, was er haben könnte?"

„Puh, Roxy ..." Nolan stöhnt unterdrückt auf. Wieder weiß ich nicht, ob er genervt ist oder sein Stöhnen sich auf Avalon bezieht. Genau deshalb mag ich telefonieren nicht. Ich muss mein Gegenüber sehen und riechen und spüren, um erfassen zu können, wie es um ihn bestellt ist. „Husten bei Pferden ist fast so komplex wie Hufrehe. Und ich bin kein Tierarzt. Avalon ist ein wildes Exmoor-Pony, hast du gesagt? Also importiert aus England?"

„Ja."

„Warum kauft Anne sich nicht einfach ein solides deutsches Warmblut? Ich weiß nicht, was das immer soll mit diesen nordischen Robustrassen und Andalusiern und Mustangs und dem ganzen Mist ..."

„Das hilft uns nicht weiter, Nolan." Ob er genervt ist, weiß ich immer noch nicht – ich bin es jedenfalls inzwischen definitiv.

„Ja, hast ja recht. Aber solche Pferde bekommen eben oft chronische Krankheiten wie Husten, Ekzem oder Hufrehe, weil sie das hiesige Klima nicht gewöhnt sind und dann ... tja, dann werden sie richtig teuer. Und sind plötzlich kein Schnäppchen mehr."

„Anne hat ihn nicht gekauft, weil er günstig war, sondern weil sie diese Ponys liebt, okay? Hat sich deine Ex-Freundin nicht genau deshalb ein Vollblut von der Rennbahn geholt? Ich erinnere mich an so etwas – und damals hast du nichts dagegen gesagt ..."

Ich wusste nicht, dass ich so sein kann. *Zickig.* Meine Wangen glühen, meine Hände zittern und meine Kehle fühlt sich an, als würde ich gleich zu fauchen beginnen.

„He, was ist denn mit dir? So kenne ich dich gar nicht. Hast du deine Tage?"

„Leck mich", zische ich und lege auf, bevor er irgendetwas erwidern kann. „Sorry", murmele ich, weil Annes Augen sich erstaunt an mir festsaugen. „Nolan ist in Warendorf leider zu einem arroganten Arschloch mutiert und hat nun mindestens fünf Isabellas, die mit ihm rohe Fischleichen essen und durch die Bars der Reichen und Schönen ziehen."

Anne presst die Lippen zusammen, um nicht zu grinsen, doch ich sehe auch Enttäuschung in ihrem Blick. Da geht es ihr nicht anders als mir.

„Oh, oh ...“, raunt sie bedeutungsvoll.

„Ich kann das einfach nicht! Mit ihm telefonieren und ... Boah, er hat gefragt, ob ich so zickig bin, weil ich meine Tage habe! Was für ein Idiot.“

Seufzend lasse ich mich auf den Rücken fallen und ignoriere Annes bedeutungsvolles Grinsen. Was hatte ich mir eigentlich gedacht? Es war doch klar, dass Nolan sich verändern wird. Er ist dort unter Seinesgleichen. Man kommt nur mit eigenen, teuren Sportpferden nach Warendorf, Talent ist zweitrangig. Das sind alles höhere Töchter und Söhne. Was will er dort noch mit einer wie mir, die nicht mal richtig reiten kann, geschweige denn Pferdebesitzerin ist?

„Roxy! Die Pizzen sind da! Kommt ihr?“, ruft Steffen zu uns nach oben, ehe ich mich weiter aufregen kann. Ein paar Sekunden lang bleibe ich wie erschossen liegen, dann raffe ich mich auf und gehe auf den Flur. Steffen steht bereits auf halber Treppe und aus den Augenwinkeln sehe ich, dass er den großen Esstisch für uns drei gedeckt hat. Er hat sogar gefaltete Servietten neben die Teller gelegt.

„Wir essen bei mir im Zimmer, aus dem Karton, das geht schon.“ Schnell husche ich an ihm vorbei in die Küche, lupfe die Deckel an und suche die passenden Pizzen heraus. Hawaii für Anne und scharfe Salami für mich. Geschnitten sind sie schon.

„Roxy ... warte mal. Hey, stehen geblieben, Fledermaus.“ Mit den warmen, duftenden Kartons auf den Händen lasse ich mich von Steffen stoppen, ohne ihn jedoch anzusehen. „Wir wohnen jetzt seit ein paar Tagen in diesem Haus und haben bisher keine einzige Mahlzeit zusammen verbracht. Ich möchte dich zu nichts zwingen, aber ... war das der Sinn der Sache? Dass wir alleine essen, obwohl wir zusammenleben?“

„Anne und ich haben etwas zu besprechen. Mädchenkram“, antworte ich ausweichend.

„Okay. Und was war bei den anderen zehn Mahlzeiten der Grund? Denn da war Anne nicht hier – und ich habe mir extra ein paar Tage freigenommen, damit ich immer hier sein kann.“

Schweigend beiße ich auf meine Unterlippe. Steffen tritt einen Schritt zurück, als wolle er mir Raum geben, doch sein Blick sucht meine Augen.

„Ich weiß, dass das alles neu ist, Roxy. Für mich auch. Aber wie sollen wir uns aneinander gewöhnen, wenn wir uns ständig aus dem Weg gehen?“

„Keine Ahnung.“ Bedrückt zucke ich mit den Schultern und verspüre wie so oft in den letzten Tagen Heimweh nach der WG. Dort hat es niemanden gestört, wenn ich alleine gegessen habe.

„Wir können mit einer Mahlzeit pro Tag anfangen. Wir müssen uns auch auch nicht unterhalten, geschweige denn nebeneinander sitzen", schlägt Steffen vor. „Gleicher Raum genügt. Küche? Du kannst an der Bar sitzen, ich am Tisch. Drei Meter Abstand. Ich verstecke mich hinter meiner Zeitung. Du wirst mich und meine Schlafnarben nicht einmal sehen können ..."

Nun muss ich grinsen. Schlafnarben hat Steffen jeden Morgen. Was auch immer er mit seinem Kopfkissen nachts macht – er sieht nach dem Aufstehen aus wie ein Pirat. Und er ist in der Früh genauso wortkarg wie ich. Ja, Frühstück könnte funktionieren.

„Von mir aus, Frühstück", gebe ich mir einen Ruck.

„Schön. Wir werden uns prächtig amüsieren", sagt Steffen mit leiser Ironie und zeigt auffordernd nach oben. „Dann widmet euch mal eurem Mädchenkram." Auch das klingt ironisch – und gleichzeitig so liebevoll, dass mein Gesicht erneut warm wird. „Ich ziehe mir einen Western rein, also wundert euch nicht, wenn Schüsse ertönen."

Mit Anne zusammen zu essen, ist ebenfalls ungewohnt. Ich weiß plötzlich nicht mehr, was ich reden soll, und es tut mir leid, aufgelegt zu haben, ehe Nolan etwas zu Avalons Situation sagen konnte. Doch noch bevor ich das zweite Stück Pizza in der Hand habe, piepst Annes Handy und ihr Gesicht hellt sich auf, als sie auf das Display schaut.

„Eine Sprachnachricht von Nolan ..."

„Echt?“ Damit habe ich nicht gerechnet. „Ich weiß nicht, ob ich die jetzt hören will.“

„Ich schon“, entscheidet Anne kauend und drückt auf Abspielen.

„Hi Anne. Roxy hat mich um Rat wegen deines Ponys gefragt.“ Nolan klingt seriös und sachlich, als hätte es unseren kleinen Disput gar nicht gegeben, aber noch immer sind im Hintergrund Stimmen und Musik zu hören. „Also, es kann sein, dass er allergisch auf Heu reagiert. Dann solltet ihr das Heu waschen oder am besten bedampfen, dafür gibt es gute Geräte, aber die sind nicht billig. Ob er einen akuten Infekt hat, habt ihr sicher gecheckt. Wenn er nicht akut ist, liegt der Verdacht nahe, dass er den Husten schon beim Bauern in England hatte und er Avalon deshalb schnell loswerden wollte. Du könntest versuchen, ihn inhalieren zu lassen und ihm Hustenkräuter ins Kraftfutter geben. Oder Schwarzkümmel. Und zur Lungenspülung: Die ambulante ist zwar hart, weil sie drei Tage hintereinander durchgeführt wird und das Pferd anschließend viel bewegt werden muss, aber wohl besser verträglich als die in der Klinik. Dort sterben mehr Pferde an Kreislaufversagen als bei der ambulanten, habe ich gehört. Ja, überhaupt, Bewegung ist gut, auch wenn er dabei keucht. Aber früher sind die Pferde dämpfig geworden, weil man bei Husten dachte, man müsse sie schonen, und sie nicht mehr bewegt wurden. Tja, das hat dir der Tierarzt sicher alles schon gesagt, oder? Mehr weiß ich leider auch nicht. Ich wünsch dir jedenfalls viel Glück. Und ach ja ..." Nolan zögert und ich höre für einen Moment auf zu kauen. „Richte Roxy einen lieben Gruß von mir aus, wenn du sie siehst, okay? Ciao."

„Einen lieben Gruß von Nolan", echot Anne beziehungsreich und legt das Handy beiseite, um sich wieder ihrer Pizza zu widmen.

„Nichts Neues, oder?", ignoriere ich Nolans halbherzigen Versöhnungsversuch.

„Nein, leider nicht – bis auf das mit dem Bauern. Meinst du, das stimmt? Dass er dort schon Husten hatte?"

„Kann schon sein."

„Hm ...", überlegt Anne und nippt an ihrer Cola. „Wir hatten keine Ankaufsuntersuchung, es hieß, er sei kerngesund, und so sah er auf den Fotos auch aus."

„Saphir ist bei seinem ersten Kontakt mit Isabella wohl lammfromm gewesen und hat sich sogar von ihr longieren lassen." Vermutlich hatten die Verkäufer ihn ruhiggestellt. Erst auf dem Kastanien-Hof wurde schnell klar, wie schwierig er war – doch Isabella wollte es nicht wahrhaben. Irgendwie kann ich sie jetzt ein bisschen besser verstehen. Auch Anne sollte besser einsehen, dass Avalon nicht das robuste Schmusepferd ist, das sie sich gewünscht hat, sondern extrem scheu und zudem krank. Das muss bitter für sie sein.

Glücklich sind wir beide nicht, als wir uns später an der Tür voneinander verabschieden, wie immer mit erhobener Hand statt einer Umarmung, und ich ziehe mich sofort wieder nach oben zurück, um mein Handy offline zu stellen, denn ich habe für heute und die nächsten Tage genug von Nolan und WhatsApp.

Jetzt erst sehe ich Nolans Nachricht. Es ist keine Voicemail wie bei Anne und auch kein Text, sondern ein Link zu YouTube. Mein Herz beschleunigt seine Schläge, als ich ihn öffne, und es hört nicht auf damit, bis die ersten Takte ertönen; warme, melancholische Klavierklänge, die mich augenblicklich besänftigen. Die Stimme erkenne ich, bevor meine Augen den Bandnamen entziffern können. Es ist wieder ein Song von Coldplay, „Trouble“, und das Video löst eigenartige Empfindungen in mir aus. Weil es eigenartig *ist.*

Die Welt, in der der Sänger und seine Bandkollegen sich bewegen, wirkt unecht, eindimensional und wie aus einem Bilderbuch, fast ein wenig unheimlich. Das Pferd, das die Kutsche zieht, auf der die Musiker sitzen, erinnert mich mit seinem weißen Fell und der dunkelgrauen Mähne außerdem an Jakob. Ob Nolan mir das Video deshalb geschickt hat? Und was bedeutet der Text?

Doch inzwischen weiß ich mir zu helfen. Steffen hat mir eine Vorlesefunktion für Google aktiviert, und es gelingt mir, die deutsche Übersetzung der Lyrics zu finden und sie mir von einer mechanisch klingenden Frauenstimme vortragen zu lassen.

„Ich bin in einem Spinnennetz gefangen … Ich hatte nie die Absicht, dir zu schaden … Ich hatte nie die Absicht, dir Unrecht zu tun … Sie spinnen ein Netz für mich.“

„Ja, das tun sie“, wispere ich traurig. Nolan ist jetzt genau dort, wo er dem Wunsch seines Vaters nach immer hin sollte. Fühlt er sich tatsächlich so – als ob er sich auf diesem Weg in einem Spinnennetz verfangen hat? Oder wollte er mir mit dem Song einfach nur sagen, dass ihm sein Verhalten während des Telefonats vorhin leidtut?

Mir tut meines auch leid. Ich habe ihn angegiftet, weil ich eifersüchtig auf die Menschen war, die in diesen Stunden, Tagen und Wochen mit ihm zusammen sein dürfen, und ich kann diese Gefühle an mir nicht leiden.

Ich spiele den Song so oft ab, bis ich dabei einschlafe, auf dem Boden liegend, das Handy auf meinem Bauch, und im Traum wieder im weichen Heu, zusammen mit Nolan, seine Wange warm an meine geschmiegt.

Niemals möchte ich ein Netz für ihn spinnen.

Niemals.

Nacht und Nebel

Erst als Saphir sein leises, tiefes Begrüßungswiehern ertönen lässt und Avalon seinen Kopf zu mir dreht, um mich aus seinen großen, dunklen Wildpferd-Augen anzusehen, fühlt sich richtig an, was ich hier tue – auch wenn ich weiß, dass ich damit alles gefährde, was sich zwischen Steffen und mir in den vergangenen zwei Wochen an zartem Vertrauen aufgebaut hat.

Denn ich bin abgehauen, mal wieder. Nicht wirklich weggelaufen – doch er hätte mir niemals sein Okay gegeben, wenn ich ihn um diesen spätabendlichen Ausflug bei Nieselregen und kalten zwei Grad gebeten hätte. Schon gar nicht in einer Nacht, in der er in der WG um das Leben von Clemens bangt, der sich eine Überdosis Schlaftabletten verpasst hat, und mich ungeplant alleine zu Hause lassen musste.

Ich bin also, ohne ihm Bescheid zu geben, zum Stall gefahren. Avalons Anblick gibt mir recht, auch wenn das schlechte Gewissen an mir nagt. Anne ist krank geworden und konnte deshalb nicht wie sonst abends nach ihm schauen, und Kathrin ist mit ihrer Klasse auf einem mehrtätigen Ausflug. Alle anderen Menschen lässt Avalon noch nicht an sich heran, nur ich kann mich ihm nähern, und als Anne hustend und schniefend bei mir anrief und mich bat, nach ihm zu schauen, wusste ich, dass ich zum Stall fahren muss. Und ich wollte es auch.

Ja, ich wollte weg aus diesem stillen, immer noch so fremden Haus, dessen Geräusche ich nicht kenne und das sich plötzlich anfühlte wie eine unheimliche Spukvilla, die ihr eigenes Leben entwickelt, sobald ein Mensch sich alleine in ihr aufhält. Nicht einmal Moses war bei mir; er hatte Steffen wie immer in den Quellenhof begleitet und beide sind wegen Clemens gar nicht erst von ihrer Schicht zurückgekommen.

Clemens und ich hatten uns eigentlich nie wirklich miteinander angefreundet und nur das Nötigste miteinander gesprochen, doch was er getan hat, bedrückt mich. Überhaupt scheint die ganze Welt in diesen Februartagen grau und düster geworden zu sein. Die Sonne hat sich seit Tagen nicht mehr gezeigt, in der Schule und am Stall sind fast alle krank, die Winterweide versinkt im Matsch und ich habe das Gefühl, der Frühling wird niemals kommen.

Auch ich brüte etwas aus. Beim Schlucken knackt es

in meinen Ohren und mein Hals fühlt sich so dick und belegt an, dass ich mich immer wieder räuspern muss. Dazu huste ich fast so schlimm wie damals auf der Straße. Ich habe Anne nichts davon gesagt, als sie mich um Hilfe gebeten hat. Denn Avalon geht es immer noch sehr schlecht.

Er hat den zweiten Durchgang seiner Lungenspülung hinter sich und muss eine letzte Nacht ohne Heu im Paddock stehen, mit Saphir als Gesellschaftspferd, bevor morgen früh die dritte Runde startet. Man sieht ihm an, dass die Prozedur ihn schwächt. Als ich neben ihn trete, höre ich seinen mühsamen, rasselnden Atem. Lubeck meinte, das Rasseln sei ein Zeichen dafür, dass der Schleim sich schon etwas gelöst hat, doch es muss sich schrecklich anfühlen und Avalon weiß nicht, dass diese Quälerei sein Leben retten soll. Er muss glauben, wir wollten es beenden, auch wenn er heute früh vertrauensvoll seinen Kopf in meine Arme gelegt hat, als ich Lubeck noch vor der Schule bei der Lungenspülung assistiert und die Nasenbremse festgehalten habe. Danach hatte mein gesamter Oberkörper geschmerzt. Es wundert mich nicht, dass Anne um Avalon bangt. Doch ich weiß auch nicht, was ich tun kann, um ihm zu helfen.

Aufmerksam, aber entspannt sieht Saphir mir dabei zu, wie ich mit der Hand versuche, Avalons Herzschlag zu fühlen. Sein Fell wirkt sehr warm, doch der Puls kommt mir gleichmäßig vor, eher langsam als schnell. Dennoch wirkt er angespannt auf mich, und immer wieder versucht er, tief Luft zu holen, was ihm jedoch nicht gelingt. Die zweite Nacht sei die kritischste, das hat auch Lubeck heute Morgen noch gesagt, und lächelnd hinzugefügt, Avalon sei ein zäher Bursche und dass die Chancen gut stünden, dass er es packt.

„Du schaffst das, hörst du?“, flüstere ich und schlucke erneut gegen das dicke, schmerzende Gefühl in meinem Hals an, als ich mich wieder aufrichte und gegen die kalte Stallwand lehne. Meine Knie fühlen sich schwach und zittrig an, und sobald ich die Augen schließe, wandert ein eisiges Frösteln über meinen Rücken. Doch ich kann noch nicht wieder nach Hause ins Warme, ich habe Anne versprochen, mindestens eine halbe Stunde bei Avalon zu bleiben und ihr dann Bericht zu erstatten.

Obwohl ich mich elend fühle und friere wie ein Schneider, hilft mir die nächtliche Stallatmosphäre, mich langsam zu entspannen. Der Rest der Herde hat sich um die Rundraufen auf dem großen Paddock verteilt und das beruhigende, gleichmäßige Geräusch der malmenden Kiefer klingt zu mir herüber. Trotz der Kälte bin ich froh, nicht alleine in dem fremden Haus im Bett zu liegen. Nach einigen Minuten spüre ich, wie

Saphirs Kopf ganz leicht auf meine Schulter sinkt und er warm gegen meine Wange atmet. Auch Avalons Atemgeräusche sind ruhiger und gleichmäßiger geworden. Dicht stehen wir beieinander, als wollten wir uns gegenseitig beschützen, und dösen still vor uns hin, bis Saphir plötzlich wachsam den Hals reckt und auch ich schlagartig wieder zu mir komme.

Vorne auf der Einfahrt wird eine Autotür zugeschlagen und nun höre ich Schritte, die sich nähern ... Wer kann das sein um diese Uhrzeit? Es klingt nicht nach einer Frau, aber auch nicht nach Steffen, sein leicht schlurfendes Stiefelklappern würde ich sofort erkennen.

Es ist stockdunkel vor den Paddocks; der Schein der schwachen Lampe fällt lediglich nach innen auf die nächste Raufe und ich beginne zu bereuen, sie angeschaltet zu haben, denn nun kann ich mich nicht mehr ungesehen verstecken und die Schritte nähern sich zielstrebig dem Stall.

Ein Fremder spät am Abend hier – vielleicht einer dieser perversen Pferderipper, die immer wieder in der Gegend unterwegs sind? Und wenn ja, würde er auch mir etwas antun, wenn ich die Pferde vor ihm verteidige? Geduckt drücke ich mich in Saphirs Schatten, doch zu meinem Erstaunen wird er nicht nervös, als der Fremde an den Karabiner-Verschlüssen des Tors zu nesteln beginnt, sondern lässt sein typisches, tiefes Begrüßungswiehern ertönen. Saphir kennt diesen Mann? Und freut sich sogar über sein Kommen?

„Wolf?", frage ich zittrig in die Dunkelheit hinein und wage es, mich aus Saphirs Schatten heraus zu bewegen.

„Nicht ganz ..."

Es sind nur zwei Worte, doch sie schaffen es, dass mein Herz sich einmal um sich selbst dreht. Der sanfte Humor darin, die Müdigkeit, die Verwunderung – all das kommt mir vor wie ein lieb gewonnenes Echo lange vergangener Zeit. Doch wie kann das sein? Ist das wirklich ...?

„Hier bist du also."

Ich kann nur seine hochgewachsene, schlanke Silhouette sehen, nicht seine Gesichtszüge, doch mein Herz macht erneut einen Salto, weil seine Haare wieder gewachsen sind und sich wie früher in alle möglichen Richtungen wellen. Ja, das IST Nolan. „Was um Himmels willen machst du hier, Roxy? Ich hab dich überall gesucht."

„Gesucht?", wiederhole ich krächzend, und Nolan tritt noch einen Schritt in meine Richtung, sodass endlich ein wenig Licht auf sein Gesicht fällt. Er klingt nicht nur müde, er ist es auch – und seine Haut ist fast ebenso blass wie meine. Ein hübsches Vampir-Duo würden wir zu Karneval abgeben. „Und wieso bist du nicht in Warendorf?"

„Freies Wochenende", antwortet er knapp und sieht mich forschend an. „Hat sich kurzfristig ergeben und ich dachte, ich besuche dich, aber du ... du wohnst gar nicht mehr in der WG." Er klingt nicht vorwurfsvoll, eher verwundert. Stimmt, ich hatte ihm nichts davon erzählt, dass ich inzwischen mit Steffen die Probezeit begonnen habe.

„Nein, tu ich nicht." Obwohl wir nun dicht voreinander stehen, flankiert von Saphir und Avalon, der Nolan skeptisch beäugt, aber nicht vor ihm flüchtet, wage ich es nicht, ihn zu berühren oder gar zu umarmen, und ihm scheint es ähnlich zu gehen.

„Larissa hat es mir erzählt und mir deine neue Adresse genannt, aber da hat niemand aufgemacht und so bin ich hierher gefahren, in der Hoffnung, dich bei den Pferden zu finden. Ist alles in Ordnung?"

Anstatt zu antworten, mustere ich ihn kritisch. Irgendwie hat er sich verändert. Seine Gesichtszüge sind kantiger geworden und ich vermisse den satten Glanz seiner schwarzen Augen.

Beiläufig streicht Nolan mit der flachen Hand über Saphirs Hals. „Roxy, ich hab dich was gefragt ..."

„Nein, ehrlich gesagt ist nicht alles in Ordnung. Und du siehst beschissen aus."

„Besten Dank.“ Nolan grinst mich charmant an, doch die stumme Resignation in seinem Blick gefällt mir nicht. „Hab seit einer Woche Schmerzen in der Schulter und im Nacken. Nerv eingeklemmt. Macht wahrscheinlich keinen Menschen schöner.“

„Schön bist du immer noch“, widerspreche ich und bereue meine Worte im gleichen Moment. Das war zu ehrlich, zu offen. „Beschissen schön“, setze ich betont kühl hinterher und muss husten. Autsch, meine Bronchien.

„He, das hört sich nicht gut an. Wirst du krank?“ Besorgt berührt Nolan mit den Fingerspitzen meine Stirn.

„Keine Ahnung. Stehe hier schon eine Weile in der Kälte“, spiele ich herunter, dass ich mich von Minute zu Minute erbärmlicher fühle. Ich will nicht, dass Nolan unsere unerwartete Zusammenkunft abbricht, weil ich seiner Meinung nach ins Bett muss. „Avalon hatte heute seine zweite Runde Lungenspülung, und Anne hat mich gebeten, nach ihm zu sehen. Was meinst du, ist sein Kreislauf stabil?“

Ich versuche, mein Schlottern zu unterdrücken, während Nolan sich Avalon mit behutsamen Bewegungen nähert und wie ich versucht, seinen Puls zu fühlen. Freude wallt in mir auf, als ich beobachte, wie vertrauensvoll Avalon sich von Nolan untersuchen lässt. Er scheint zu wissen, dass Nolan zu mir gehört und nichts

Böses von ihm will, und ich liebe es, wenn Nolan jenseits von Turnieren mit Pferden zusammen ist. Es ist, als würde dann etwas in ihm zum Vorschein kommen, das viel echter und wahrhaftiger ist als alles, was mit Siegen, Schleifen und ehrgeizigen Zielen zu tun hat – ganz so, als würde er seinen Kopf ausschalten und sein Herz sprechen lassen.

„Ja, sein Kreislauf wirkt stabil", murmelt Nolan, nachdem er ein paar Sekunden reglos dem Atem von Avalon gelauscht hat. „Er schwitzt, aber das ist vielleicht auch ein Zeichen von Stress. Eingesperrt und kein Futter, das tut keinem Pferd gut ... Schön, dass wenigstens Saphir bei ihm ist."

„Ja." Schön, dass du da bist.

Erneut wendet sich Nolan mir zu und ich schaffe es nicht mehr, mein Zittern zu verbergen. Ich bin zu einem Eisklumpen mutiert. Doch noch immer will ich nicht nach Hause.

„Du musst ins Warme, Roxy. Sofort."

„Aber ich kann nicht ..." Unter einem leisen Aufstöhnen löse ich mich von der Wand. „Das Haus ist noch so fremd und Steffen bestimmt bis morgen früh unterwegs, ich will ... ich möchte lieber hier bleiben, bei den Pferden. Saphir wärmt mich, das geht schon."

„Auf keinen Fall. Roxy, das ist Quatsch und ich lasse das nicht zu ..."

„Du kannst mich nicht zwingen, nach Hause zu fahren."

„Mannomann. Fast hab ich vergessen, wie stur du sein kannst ..." Nolan lacht in sich hinein, wird aber sofort wieder ernst. „Ich verspreche dir, Avalon übersteht die Nacht. Aber wenn du dir hier eine Lungenentzündung holst, kannst du dich nicht mehr um ihn kümmern, oder? Und um Saphir auch nicht. Was ich als sein Besitzer nicht gutheiße ... Also, Abmarsch."

Mit verschränkten Armen bleibe ich stehen, obwohl meine Zähne schon aufeinanderschlagen.

„Okay, dann kommst du eben mit zu mir", beschließt Nolan kurzerhand, ohne ein weiteres undurchsichtiges Stottern abzuwarten, und schiebt mich sanft nach vorne. „Und wärmst dich dort auf."

„Zu dir?" Protestierend versuche ich, mich gegen ihn zu stemmen. „Das geht nicht, dein Vater ..."

„Mein Vater ist nicht da und meine Mutter auf Kur", fällt Nolan ruhig dazwischen und dirigiert mich durch das Tor hindurch, um es sofort wieder zu verschließen. „Wir haben das Haus für uns alleine."

Das ist ein seltsamer Satz. Er schmeckt mir nicht und klebt wie ein widerspenstiges Bonbon an meinem Gaumen, als ich mich neben Nolan in seinen Geländewagen setze und er den Motor startet. „Wir haben das Haus für uns alleine" – was meint er damit? Und will ich überhaupt, dass er mich einfach so zu sich mitnimmt? Was würde Steffen davon halten? Vermutlich nicht das Geringste. Doch mein Kopf dröhnt, als würde ich bald Fieber bekommen, und selbst in der Wärme des Autos lässt mein Zittern nicht nach. Das war immer die größte Falle auf der Straße – Schwäche und Kälte. Viele der Mädchen sind in solchen Situationen zu wildfremden, betrunkenen Männern in die Schlafsäcke gekrochen und haben sie machen lassen, was sie machen wollten, nur um nicht weiter frieren zu müssen.

„Ich weiß nicht, ob das eine gute Idee ist", wispere ich, als wir das Anwesen der Hilberts erreicht haben und Nolan eine Fernbedienung drückt, worauf sich lautlos ein riesiges Garagentor öffnet. „Ich hab doch hier nichts verloren ..."

„In einem eisigen Offenstall mitten in der Nacht aber auch nicht. Du lässt mir keine Wahl, Roxy."

Ich kann ihm nicht widersprechen. Auch jetzt scheint es mir noch die bessere Option zu sein, den Hilbert-Bunker zu betreten, als alleine in meinem Bett zu liegen und auf Steffen zu warten. Mit beißenden Schmerzen in meinem steifgefrorenen Rücken steige ich aus dem Wagen und folge ihm in ein Foyer, das größer ist als das gesamte Untergeschoss unseres Hauses. Der Boden ist mit antik wirkenden Terrakottafliesen ausgelegt und auch die Wände sind zart orange gestrichen, als hätten wir eine spanische Finca betreten. Doch unsere Schritte hallen, als wir zur Garderobe laufen und uns aus unseren feuchten, kalten Jacken befreien, und ich habe das Gefühl, dass ein kalter Luftzug mein Gesicht streift, egal, wo ich stehe und mich bewege.

„Du hörst ja gar nicht mehr auf zu zittern ... Komm mit." Nolan geht mir voraus in ein weitläufiges Wohnzimmer, das mit schweren, rustikalen Holzmöbeln im mediterranen Stil eingerichtet ist, schnappt sich eine bunt gemusterte Decke von der Couch und legt sie mir um die Schultern. „Ich lasse dir ein heißes Bad ein."

Ich bin zu erschöpft und durchgefroren, um mich zu wehren, und setze mich auf einen der vielen Sessel, die hier rumstehen und aussehen, als würden sie niemals benutzt werden. Mit gesenktem Kopf warte ich, bis Nolan wieder zu mir kommt und mich die Treppe hinauf in die erste Etage führt.

Es ist ein anderes Haus, ein anderer Mann, eine andere Zeit. Ein anderes Ich. Nichts ist so wie früher. Trotzdem fühle ich die kalte, vertraute Panik, als Nolan die Badezimmertür aufschiebt und mich hinein winkt. Das eingelassene Wasser ... die Tür, die sich nicht verschließen lässt ... die gierigen Blicke auf meinem Körper, während ich steif im Wasser sitze und darauf warte, dass es endlich vorbei ist und er sagt, dass ich sauber genug bin, um ein braves Mädchen zu sein, sein braves kleines Mädchen ...

„Hier sind Handtücher und Klamotten von meiner Schwester, die du danach anziehen kannst. Ja? Hast du gehört, Roxy?"

„Ja", flüstere ich lautlos und suche mit schwitziger Hand nach dem Türknauf. Da ist ein Schlüssel ... Gott sei Dank, die Tür hat einen Schlüssel, ich kann sie zuschließen. Alles ist gut. „Danke."

„Ich bin unten, wenn etwas ..."

Doch ich habe die Tür schon zugezogen und zweimal abgeschlossen, bevor Nolan seinen Satz zu Ende bringen kann. Hastig reiße ich ein Blatt Toilettenpapier ab, knülle es zusammen und stopfe es in den freien Teil des Schlüssellochs, damit niemand hindurchsehen kann. Erst dann fühle ich mich sicher genug, um mich auszuziehen und in das heiße, duftende Wasser zu steigen. Es ist komplett mit Schaumbergen bedeckt, ganz anders als damals ... Ich hatte nie Schaum benutzen dürfen, weil er mich dann nicht überall angucken konnte ...

„Es ist vorbei", flüstere ich zu mir selbst und schließe die Augen, während ich meinen Nacken gegen den Wannenrand lehne. „Vergangenheit. Vorbei ..."

Trotzdem kann ich mich nicht entspannen. Ich fühle mich beobachtet, obwohl mich niemand sehen kann.

Bange Minuten verstreichen, während das heiße Wasser langsam die Kälte aus meinen Knochen vertreibt und meine Gedanken trotz der bösen, alten Erinnerungen beginnen wegzudriften, sich in Träume zu verwandeln ... schlechte Träume ...

„Roxy?"

Ich richte mich so schnell auf, dass mein rechtes Knie schmerzhaft gegen den Wasserhahn schlägt.

„Ja?" Blechern hallt meine Stimme von den gekachelten Wänden zurück.

„Bist du in der Wanne eingeschlafen?" Seine Stimme klingt besorgt. Erstarrt bleibe ich sitzen, während knisternd Schaumbläschen auf meinen Knien zerplatzen, die wie zwei weiße Hügel aus dem Wasser ragen. Auch Arndt hat immer so fürsorglich getan. Er müsse auf mich aufpassen. Er *müsse* ... Jeder gute Vater würde das tun ...

Und jetzt ...

„Roxy?"

„Alles okay, ich bin wach." Bitte versuche nicht reinzukommen, bitte nicht ...

„In Ordnung. Ich warte, bis du so weit fertig bist, ja, Roxy? Sag Bescheid, wenn du noch was brauchst."

„Ja, mache ich."

Was ich bräuchte, kann er mir nicht geben – einen sicheren Fluchtweg an ihm vorbei, an einen Ort, wo er mich nicht findet und ich mich vor ihm verstecken kann, bis ich mich wieder einigermaßen normal fühle und die Angst vor den alten Geistern mich nicht mehr beherrscht. Sie lauern argwöhnisch. Doch die Klinke bewegt sich nicht. Nolan wartet draußen, so, wie er es versprochen hat. Mir kann nichts geschehen.

„Oh Scheiße ...", höre ich ihn aufstöhnen, als habe er meine Gedanken gelesen. „Roxy, ich bin echt ein Vollidiot, wie konnte ich das nur vergessen ... Ich bin sofort weg, keine Sorge, ich ..."

„Nein, bleib da. Ich bin jetzt sowieso fertig", verscheuche ich die alten Geister entschlossen, obwohl ich immer noch zittere. Ich will sie nie wieder sehen. Nolan ist nicht Arndt, und auch wenn er gerade in ein mächtiges Fettnäpfchen getreten ist – ich möchte meine Angst nicht gewinnen lassen. Das Wasser plätschert melodisch, als ich aus der Wanne steige. Innerhalb von Sekunden trockne ich mich ab und ziehe hastig die Klamotten seiner Schwester über, die mir ein wenig zu groß sind und viel zu bunt für meinen Geschmack. Aber sie riechen so rein und sauber, dass ich mich in ihnen automatisch entspanne.

„Da bin ich", verkünde ich und öffne gleichzeitig die Tür. Meine Stimme klingt weder zittrig noch verängstigt, doch Nolans Augen huschen besorgt über mein Gesicht. Er hat sich auf dem Boden niedergelassen, schräg gegenüber der Tür, und die Beine lang ausgestreckt; sein Handy in der linken Hand. Wahrscheinlich hat er gerade einige Nachrichten beantwortet, während ich mich da drinnen grundlos verrückt gemacht habe. Das muss aufhören, ein für alle Mal.

„Tut mir leid. Ich wollte dir keinen Schrecken einjagen oder ..."

„Ist gut", unterbreche ich ihn und setze mich neben ihn auf den weichen Flurteppich, weil ich mich wieder ein wenig schwindelig fühle. „Es ist in Ordnung, ehrlich. – Wie ist das eigentlich passiert mit dem eingeklemmten Nerv? Etwa beim Reiten?", lenke ich von mir ab, denn mein Herz hat sich noch nicht ganz beruhigt und ich möchte nicht weiter über meine Vergangenheit sprechen.

„Ja. Lady hat mich abgeworfen."

„Lady?", erwidere ich verwundert und bin unendlich froh, dass wir über Pferde reden können. Das macht es leichter, frisch gebadet und in den Kleidern seiner Schwester neben ihm im Hilbert-Flur zu sitzen. „Sie war doch immer so zuverlässig."

„Ja, ich verstehe es auch nicht." Nolan legt das Handy neben sich auf den Boden und tastet über sein Schulterblatt, als würde er eine ganz bestimmte Stelle suchen. Ich muss mich zusammenreißen, um meine Finger nicht ebenfalls unter seinen Hemdkragen wandern zu lassen. „Sie ist in letzter Zeit manchmal störrisch und verweigert Hindernisse .... Hat sie vorher nie getan. Keine Ahnung, was sie hat ...“ Nun muss er gähnen, wobei sein Kiefer knirscht, als habe er tagelang seine Zähne aufeinander gepresst. Vielleicht hat er das auch. „Wir haben sie untersuchen lassen, doch es scheint alles in Ordnung zu sein ...“

„Mit dir denn auch?“

„Jetzt ja.“ Kurz lehnt er sich an mich und ich drehe mich leicht zur Seite, sodass ich mein Kinn auf seine Schulter betten kann. Es fühlt sich normal an, ganz selbstverständlich und vertraut – als wären die langen Monate der Trennung nie gewesen. „Jetzt ist alles in Ordnung.“

Eine Weile verharren wir still, während drinnen im Bad gluckernd das letzte Wasser durch den Abfluss läuft.

„Ich hab übrigens Steffen auf die Mailbox gesprochen.“

„Was!?“ Ich bin so überrascht, dass ich mein Kinn hebe, doch Nolan umfasst kaum spürbar meinen Nacken und bugsiert meinen Kopf wieder zu sich.

„Ja, er muss wissen, wo du bist, falls er dich sucht. Ich hab ihm gesagt, dass du in einem der vielen Zimmer dieses Hauses unbehelligt schlafen kannst und ich dich nicht anrühren werde.“

„Also hast du ihn angelogen“, stelle ich nüchtern fest.

„Zu meiner Verteidigung: Ich wusste zu dem Zeitpunkt noch nicht, dass ... dass“, schließt Nolan bedeutungsvoll und überbrückt die letzten Millimeter zwischen uns, sodass unsere Wangen sich berühren. Seine kratzt ein wenig, er hatte wohl keine Zeit, sich zu rasieren. Ich mag es.

Meine Hände würden gerne weiter auf Erkundungsreise gehen. Sie sind neugierig geworden. Doch im Flur ist es so kühl, dass das Frösteln zurück in meine Knochen kriecht – und das bleibt auch Nolan nicht verborgen.

„Du gehörst ins Bett, Roxy.“ Widerstrebend löst er sich von mir und erhebt sich mit einem geplagten Ächzen, um mir seine Hand anzubieten und mich sanft nach oben zu ziehen. „Ich hab Steffen gesagt, dass er dich abholen kann, sobald er Zeit dafür hat, aber bis dahin – schlaf dich aus. Da vorne, das letzte Zimmer auf der linken Seite. Hab das Licht angelassen und die Tür steht auf, ist nicht zu verfehlen. Ich bin unten, okay? – Verdammt, würde ich jetzt gern mit dir kommen ...“, murmelt er bedauernd, bevor er sich artig umdreht und die Treppe ansteuert.

„Gentleman“, flüstere ich lächelnd und tapse zu dem hell erleuchteten, in zarten Pastellfarben eingerichteten Prinzessinnenzimmer am Ende des Flurs. Die Bettdecke ist bereits zurückgeschlagen, ich muss mich nur noch hineinkuscheln. Nolans Vater würde Amok laufen, wenn er das sehen würde. Und Steffen wahrscheinlich erst recht ...

Doch Angst macht müde – und das Besiegen der Angst erst recht. Mein Kopf hat kaum das Kissen berührt, als meine Augen zufallen und ich in einen samtigen, tiefen Schlaf falle, den die Gräben zwischen Nolans und meiner Welt nicht interessieren und der nur eines kennt und bringt: Vertrauen.

OHNE ALLES

„Scheiße", fluche ich unterdrückt, als ich nach dem Schalter suche und dabei versehentlich etwas von der Anrichte schiebe – ich versuche noch, es mit beiden Händen vor dem Fallen zu bewahren, doch meine Reaktion kommt zu spät. Mit einem hellen Scheppern zerspringt es auf den harten Terrakottafliesen in unzählige Teile – so hört es sich jedenfalls an, denn sehen kann ich noch immer nichts. „Wo habt ihr nur eure verdammten Lichtschalter?"

Dieses Haus ist wie verflucht. Ich glaube, in der Küche zu sein, aber genau weiß ich es nicht, da alle Jalousien geschlossen sind, kein einziges Licht mehr brennt und niemand auf mein leises Rufen reagiert hat, als ich mit glühender Stirn und staubtrockener Kehle aufgewacht bin.

Es muss spät in der Nacht sein, wahrscheinlich schläft Nolan tief und fest, doch ich hatte solchen Durst, dass ich mich auf den Weg nach unten gemacht habe, ohne dabei aber einen einzigen Lichtschalter zu finden. Es gibt nur schwach blau leuchtende Kästen an der Wand, auf deren Display Ziffernfolgen, Symbole und Buchstaben stehen, die ich unmöglich deuten kann – schon gar nicht mit Fieber. Und ich habe Fieber, ich weiß es genau. Meine Ohren fühlen sich bei jedem Schritt an, als seien sie mit dicker, schwerer Watte ausgestopft, die dumpf gegen das Trommelfell drückt, und mein Rücken ist schweißnass. Es ist kein normales Schwitzen, sondern eines, das von innen brennt und mich von außen frösteln lässt.

„Nolan?", versuche ich es noch einmal. Wieder keine Antwort. Ein paar Sekunden lang höre ich nur das Pochen des Blutes in meinen Ohren, bis sich ein anderer Klang darunter mischt – der langsame Rhythmus von Bässen, ganz leise nur, aber er muss von irgendwo aus diesem Haus kommen, und wenn Nolan die Wahrheit gesagt hat und sonst niemand hier ist, wird die Musik mich zu ihm führen. Obwohl mir schwindelig ist, schließe ich meine Augen, um die Quelle der Klänge besser orten zu können, und nehme Schritt für Schritt die Fährte auf.

Ich muss nicht weit gehen, bis ich linksseitig des riesigen Eingangsbereichs vor einer dicken Milchglastür stehe, hinter der schwaches, türkis wirkendes Licht schimmert und die sich mühelos aufschieben lässt. Sofort dringt scharfer Chlorgeruch in meine Nase und sie reagiert mit einem heftigen Kitzeln darauf. Ich unterdrücke den Niesreiz, so gut ich kann, und presse den Ärmel meines Pyjamas fest gegen mein Gesicht, meine Augen nun wieder weit aufgerissen.

Ohne ihn zu sehen, weiß ich, dass Nolan hier ist – die Musik verrät ihn. Weiche, verträumte Rhythmen und Melodien, die gleichzeitig alt und neu wirken und bei denen ich früher sofort Reißaus genommen hätte, weil sie sekundenschnell mitten in mein Herz finden. Vor mir erstreckt sich ein riesiger, von innen erleuchteter Pool. Sein Boden besteht komplett aus winzigen, viereckigen Fliesen in Türkis-, Blau- und Goldtönen, und um ihn herum befinden sich elegante Liegen, üppige Palmen und sogar eine kleine Bar, gesäumt von dick gepolsterten Hockern. Hier könnten locker fünfzig Mann baden gehen – doch im Moment nutzt diesen Luxus nur ein einziger, und endlich habe ich ihn entdeckt.

Er hat gerade das andere Ende des Beckens erreicht, schlägt mit der Rechten an, macht eine elegante Wende und krault auf mich zu, in langen, gleichmäßigen Zügen. Er hat mich noch nicht bemerkt ... Und ich habe im Gegensatz zu unserer allerersten Begegnung in der Reithalle keine Ahnung, wo ich die Musik leiser drehen kann, um seine Aufmerksamkeit zu wecken. Es ist wie mit den Lichtschaltern, die Klänge scheinen aus dem Nichts zu kommen.

Weil ich mir nicht anders zu helfen weiß, schließe ich die Tür hinter mir und laufe über die warmen Fliesen bis zum Rand des Pools, um Nolan abzufangen. Er will schon wieder wenden, als er kurz die Augen öffnet, in der Bewegung erstarrt und mit ausgebreiteten Armen im Wasser schwebt – und erst jetzt bemerke ich, dass er keine Badehose trägt. Wie im Reflex schlage ich meine Hände vors Gesicht, luge aber durch meine Finger hindurch auf ihn herunter. Erstaunt heben sich seine Brauen.

„Roxy! Was machst du hier?!“

Instinktiv weiche ich ein paar Schritte zurück, als Nolan nach dem Geländer seitlich der Stufen greift, um sich schwungvoll aus dem Becken zu ziehen und mir entgegenzutreten. Mit der Linken streicht er sich seine nassen Locken aus dem Gesicht – ich schaffe es immer noch nicht, meine Augen zu schließen. Trotzdem blinzle ich nervös.

„Hey ... alles okay? Wieso schläfst du nicht?“

„Weil ich ... ich hatte solchen Durst und wollte mir in der Küche was zu trinken holen, aber ich hab die Lichtschalter nicht gefunden und ...“

„Ich hatte dir doch ein Glas und eine Karaffe mit Wasser auf das Sideboard gestellt.“

Karaffe. Sideboard. Ich habe keine Ahnung, was diese Wörter bedeuten. „Aha", sage ich ausweichend. „Was tust du da eigentlich?"

Noch immer sind meine Hände vor meinem Gesicht, das inzwischen glüht, als stünde ich mitten in einem Feuerwerk – und so ähnlich fühle ich mich auch.

„Ich war schwimmen. Was sonst? Wollte mich abkühlen."

„Musst du das denn unbedingt nackt tun?"

Wie in Zeitlupe gleitet seine Hand aus seinen tropfenden Locken, während sein Blick erstarrt – und nun werden auch seine Wangen rosig.

„Oh nein ..." Es dauert ein paar Sekundenbruchteile, bis er sich wieder rührt und zu dem kleinen Sprungturm hastet, um das Handtuch von dem Geländer zu reißen und es sich hastig um die Hüften zu schlingen.

„Besser", kommentiere ich knapp. Zwar immer noch viel zu nackt, aber besser.

„Sorry, Roxy, meine Badehose ist oben unter dem Dach, und wenn niemand sonst zu Hause ist, schwimme ich halt auch mal nackt ..."

„*Ich* bin aber zu Hause."

„Ja." Betreten senkt er die Lider, doch sein linker Mundwinkel zuckt, als müsse er über sich selbst schmunzeln. „Ich dachte, du schläfst, und ich – wie gesagt, ich brauchte eine Abkühlung."

„Spinner", erwidere ich freundlich und muss fast im gleichen Moment husten. Mein Brustkorb wird dabei so stark erschüttert, dass ich ins Schwanken gerate. Einen Moment lang scheint sich alles um mich herum zu drehen.

„Hey ..." Behutsam umfasst Nolan mein Handgelenk und bringt mich zurück in die Balance. „Oh je, du glühst ja. Warte hier, ich zieh mir rasch was an, dann hole ich dir was zu trinken. Unsere Lampen reagieren übrigens auf Stimmkommando oder Tastenkombi am Display. Hätte ich dir sagen sollen. Tut mir leid."

Ich hätte sie vermutlich auch dann nicht zum Leuchten gebracht, erspare mir aber einen Kommentar. Mit langen Schritten geht Nolan zu einer der Liegen, über die er seine Klamotten geworfen hat, stellt sich mit dem Rücken zu mir und öffnet das Handtuch. Ich könnte mich umdrehen und wegsehen, ohne Not, aber irgendwie ...

„Du guckst", stellt Nolan sachlich fest, während er seine Shorts ausschüttelt und hineinsteigt.

„Ist wie bei einem Unfall", gebe ich kühl zurück. „Man muss einfach hinschauen, ob man will oder nicht."

„Soso. Die Faszination des Grauens, was?" Grinsend dreht er sein Gesicht zu mir und zwinkert mich an.

„Ja, so ähnlich." In Wahrheit mag ich, was ich sehe.

Ein schlanker, durchtrainierter Körper mit schöner, samtiger Haut. Und einigen Leberflecken auf dem Rücken. Ich müsste sie mal zählen ... „Ich hab was kaputt gemacht, als ich nach den Lichtschaltern gesucht habe. Ist in tausend Scherben zersprungen. Ich glaube, es war etwas Wertvolles ...“

Geschickt streift Nolan sich einen dünnen, grau gerippten V-Pulli über den Kopf und schlüpft barfuß in seine Jeans.

„Mit etwas Glück war es unsere scheußliche Obstschale.“

„Da war kein Obst drin ...“, wende ich zaghaft ein.

„Nee, konnte nicht, ich hab den Rest heute in den Entsafter geschmissen. Gerard kauft erst morgen wieder neues.“

„Gerard. Echt jetzt? Ihr habt einen Butler namens Gerard?“

„Koch.“ Nolan rubbelt sich mit dem Handtuch über die Haare. „Koch und ... Haushaltsmanager und ...“ Er räuspert sich verlegen und weicht meinen fragenden Blicken aus. „Ernährungsberater.“

„Na dann. Ich möchte keine Beratung, ein Glas Wasser reicht mir.“

Doch Nolan belässt es nicht dabei. Während die Fußbodenheizung der Küche meine nackten Sohlen wärmt und ich am marmornen Tresen in kleinen Schlucken trinke, mixt er mir irgendeinen komplizierten Superfood-Vitamin-Cocktail aus diversen Pülverchen, weil ich mich weigere, ein Aspirin zu nehmen, und nötigt mich dazu, mir eine streng riechende Paste auf die Brust zu schmieren („für die Atemwege“). Wir wagen es kaum, uns anzusehen, und ich habe das Gefühl, wir wissen beide nicht, wie es jetzt weitergehen soll.

„Ich will nicht im Zimmer deiner Schwester schlafen“, bereite ich dem Schweigen schließlich ein jähes Ende und sehe ihn kurz direkt an.

„Gefällt es dir nicht?“

„Doch, es ist wunderschön, aber ich ... ich hab Fieber.“ Wieder muss ich husten, dieses Mal allerdings vor Scheu und nicht wegen meiner Erkältung, doch dann tue ich es einfach – ich spreche aus, was in mir ist. „Ich bin nicht gern allein, wenn ich Fieber habe.“ Ich hab beim Reden auf meine Füße geguckt, das hat es leichter gemacht, aber als ich wieder aufschaue, sehe ich, dass Nolan zwar verwundert ist, aber lächelt.

„Du musst nicht allein sein ... Ich dachte nur, du willst das.“

„Wollte ich auch. Ich hab meine Meinung geändert.“

Sinnend schaut Nolan an mir vorbei, als würde er überlegen, wie er die Situation lösen kann, ohne anschließend von Steffen gelyncht zu werden. Denn der kann schließlich jederzeit hier auftauchen.

„Ich hab eine Idee. Komm mit." Mit dem giftgrünen Cocktail in der Hand, von dem ich ganz sicher keinen Schluck trinken werde, lotst er mich durch einen etwas kleineren, aus rustikalen Bruchsteinen gemauerten Flur in einen gemütlichen Raum mit großem Kamin, neben dem sich eine breite, gepolsterte Bank befindet. Die Scheite sind bereits gestapelt, Nolan muss sie nur noch entzünden. Nach wenigen Sekunden beginnen die trockenen Holzstücke knisternd zu brennen, doch Nolan facht sie noch weiter an, während ich die Bilder an der Wand betrachte.

Eines zeigt eine schlanke, junge Frau in Wildlederbluse, die ein geschecktes Pferd führt und mit schwarz funkelnden Augen in die Kamera guckt, ein fröhliches Lächeln auf den Lippen. Ihre Haare fallen weich über ihre Schultern und haben eine ähnliche Farbe wie die von Nolan. Das muss seine Mutter sein, obwohl ich kaum glauben kann, dass sie nun in diesem Haus lebt, unter Depressionen leidet und immer wieder Tabletten schluckt, um ihren Kummer zu vertuschen. Sie sieht glücklich aus auf diesem Foto – und sie und das Pferd scheinen sich in vollkommener Harmonie miteinander zu bewegen. Hat sie denn gar nichts mehr mit Pferden zu tun?

Doch ich will Nolan nicht danach fragen, nicht jetzt, und gehe weiter zum nächsten Bild – der Druck eines

Gemäldes, das eine Indianerin zeigt, die neben ihrem Schimmel steht und ein kleines Bündel in ihren Armen hält.

„Das hat meine Mum sich gekauft, als sie mit mir schwanger war", sagt Nolan, der neben mich getreten ist. Seine Stimme klingt tiefer als sonst. „Es hing lange Zeit über ihrem Bett. Aber sie sitzt oft hier und sieht in die Flammen, deshalb ... hat mein Dad es umgehängt."

Es ist das erste Mal, dass ich etwas über Nolans Vater höre, das ihn mir sympathisch macht, und ich werde ein bisschen traurig dabei. Wie muss es für ihn und Nolan sein, dass diese Frau ihr Lächeln verloren hat? Und gibt es nicht irgendeinen Weg abseits von Tabletten und Kuren und im Haus lebenden Ernährungsberatern, es wieder zurückzuholen? Doch ehe ich etwas erwidern kann, packt mich ein neuer Fieberschauer und lässt mich heftig schlottern. Resolut schiebt Nolan mich auf die gepolsterte Bank und reicht mir eine dicke wollene Decke.

„Leg dich hin. Ich bleib bei dir sitzen und halte Wache, okay?"

Ja, für uns beide ist die Bank dann doch zu schmal – und das wird auch Steffen sehen, falls er mich hier aufliest. Abgesehen davon, dass ich viel zu krank bin, um irgendetwas von dem zu tun, was er befürchten könnte. Doch schlafen kann ich auch noch nicht. Zu deutlich sehe ich vor meinem inneren Auge Nolan aus dem Pool steigen – und fast bedauere ich es nun, meine Hände vor mein Gesicht gelegt und nicht genauer hingesehen zu haben.

Leise seufzend rolle ich mich auf die Seite und ziehe die Decke über meine Schultern, während Nolan neben mir im Sitzen die Beine ausstreckt und verhalten gähnt. Doch trotz seiner offensichtlichen Erschöpfung klingt sein Atem ruhig und leicht.

„Du und Isabella ...“, höre ich mich leise sagen und wundere mich darüber, dass meine Gedanken sofort zu Sprache werden. „Habt ihr eigentlich miteinander geschlafen?“

Nolans Hand neben meinem Kopf zuckt kurz, doch er fängt sich sofort wieder und bleibt entspannt neben mir sitzen.

„Ich weiß es ehrlich gesagt nicht genau.“

„Wie kann man das denn nicht wissen?“, frage ich und schnaube belustigt, was sich in meinem Kopf anhört wie das Prusten eines Walrosses. Meine Nase tut weh, so dicht sind meine Nebenhöhlen.

„Na ja ...“ Nolan lehnt sich etwas zu mir hinüber und sein Handrücken berührt sacht meine Stirn. Die Berührung ist angenehm kühl. „Technisch gesehen vermutlich schon. Aber ... Ach, es war seltsam. Wie arrangiert.“

„Arrangiert?“ Das verstehe ich nicht.

„Ja, von unseren Eltern."

„Oh Gott ..."

„Ich weiß." Nolan lacht dumpf auf. „Das war es ja, was so seltsam war. Wir waren zusammen im Urlaub in der Provence, unsere Eltern hatten eine riesige Villa an der Küste gemietet, und am letzten Abend haben sie uns alleine gelassen, wir sollten uns zu zweit eine schöne Zeit machen ... Also genau das, was andere Eltern fürchten. Es war für alles gesorgt, Schampus, Essen, Kerzen, romantische Musik, der ganze Garten illuminiert – als wollten sie, dass wir es jetzt tun, sozusagen als Besiegelung dafür, dass ich ... wir ..."

„Dass ihr später heiratet."

„Ja." Nolan atmet gepresst aus. „Ja, ich glaube, so war es. Sie wollten uns damit aneinander binden. Dass es so schön wird, dass wir diesen Abend niemals vergessen ..."

„Und das war er nicht?"

„Nein. Alles war irgendwie gekünstelt, nicht echt, als würden wir eine Rolle spielen ... Das meine ich mit: Ich weiß nicht genau, ob wir miteinander geschlafen haben. Denn so sollte es sich nicht anfühlen. So clean und geplant und ... ich weiß nicht. – Ich glaube, Liebe machen ist was anderes", fügt er nach einer kleinen Pause hinzu, als müsse er sich erklären. Dabei schweige ich nur deshalb, weil ich einen dicken Kloß im Hals habe.

„Andere wären vielleicht happy gewesen. Aber wir waren es nicht. Auch sie nicht. Deshalb haben wir es erst einmal nicht wieder getan ..."

„Aber jetzt hast du viele neue Isabellas um dich herum."

„Mag sein. Nur steh ich inzwischen auf Roxys."

Ich hüstele verlegen in mich hinein. „So was. Bist du dir da sicher?"

„Ja." Wie zur Bekräftigung legt Nolan seine Hand auf meinen Schopf und umfasst ihn sanft. „Ich weiß nur manchmal nicht, wie ich dich in deiner Welt erreichen soll."

„Geht mir genauso ... Und wir haben uns noch nie geküsst. Du kannst gar nicht sagen, ob es dir gefallen würde."

„Küssen wäre heute auch keine gute Idee. Aber ob es mir gefallen würde – darüber mach ich mir keine Gedanken. Das kann nur schön werden."

Ich sage nichts mehr, weil ich das Gleiche denke. Es kann nur schön werden. Heute ist noch nicht die richtige Zeit dafür, ich bin zu krank und Nolan war vorhin zu nackt, nein, das Küssen muss noch warten.

Und ich will lieber davon träumen als daran denken, was Nolan eben gesagt hat – dass er manchmal nicht weiß, wie er mich in meiner Welt erreichen soll. Denn ich habe exakt das gleiche Problem. Er wohnt in einem

Palast, in dem man Lichtschalter durch Sprachbefehle aktiviert, in einem Pool wie aus Tausendundeiner Nacht schwimmen kann und ein Koch namens Johann die neuesten Superfood-Kreationen zaubert, während ich das allererste Mal in meinem Leben versuche, eine ganz normale Tochter zu sein – in einem renovierungsbedürftigen Haus mit 70er-Jahre-Kacheln im Bad und einem knurrigen Adoptivvater, der früher wie ich auf der Straße gelebt und sich die halbe Leber weggesoffen hat.

Aber da sind die Pferde. Nolan und ich gehen unterschiedlich mit ihnen um, doch wir beide lieben sie, und solange das so ist, können auch wir uns lieben.

Das darf ich niemals vergessen.

Pferde sind mächtige Wesen. Mächtiger als vieles andere auf dieser Erde. Sie werden es nicht zulassen, dass wir uns verlieren.

Mit einem tiefen Ausatmen schließe ich meine Augen und schlummere fiebernd ein, während Nolans Hand in meinen Haaren liegen bleibt.

Er nimmt sie die ganze Nacht nicht weg.

MUTTERVERLUSTE

„Okay, Roxy, ich hab dir jetzt noch einen Tag Schonzeit gegeben, aber du bist seit Montag fieberfrei, warst heute früh heimlich im Stall ... Ja, ich kriege so was mit.“ Steffen schickt mir einen mahnenden Blick, doch ich sehe, dass er nicht böse ist. „Wir müssen darüber reden, was am Samstag geschehen ist.“

„Es ist nichts geschehen.“ Nichts, worüber ich mit ihm reden müsste. Oder gar wollte. Aber ich ahne, dass er nicht lockerlassen wird, und setze mich seufzend auf, um mich mit dem Rücken an das Kopfende des Bettes zu lehnen. Er hat schon recht, mir geht’s wieder besser, und als er mich vor einer Woche in aller Herrgottsfrühe bei Nolan abgeholt hat, übermüdet und stoffelig, habe ich ihm versprechen müssen, dass wir über mein Verhalten reden werden, sobald ich wieder gesund bin.

„Es ist eine ganze Menge geschehen. Du bist spätabends abgehauen, um halb krank bei einem fremden

Pferd im kalten Stall zu stehen, und das kann ich sogar noch irgendwie verstehen und tolerieren ... Inzwischen kenn ich dich ja.“ Er seufzt resigniert. „Pferde vor Menschen, von mir aus. Aber dass du danach einfach zu einem wildfremden Kerl ...“

„Nolan ist nicht wildfremd“, falle ich ruhig dazwischen. „Das ist Quatsch.“

„Aber er ist ein Kerl. Und du hast bei ihm übernachtet ...“

„Weil ich krank war und du nicht zu erreichen warst! Er hat versucht, dich anzurufen, und dir eine Nachricht hinterlassen.“

Steffen fährt sich mit der Hand über die Augen und knetet kurz seine Stirn, bevor er sich mit einem undefinierbaren Brummlaut auf die Bettkante setzt. Das ist kein gutes Zeichen.

„Das meine ich nicht, Roxy. Das war alles so weit noch in Ordnung. Ich möchte mit dir darüber reden, was zwischen dir und Nolan läuft.“

„Nichts.“ Ich muss selbst grinsen, ein unsicheres, ertapptes Grinsen, weil ich weiß, dass das eine dreiste Lüge ist.

Steffen schüttelt schnaufend den Kopf. „Dieses Nichts beinhaltet drei Nächte, die ihr bereits zusammen verbracht habt. Die eine in der WG, die andere in der Pferdebox auf dem Müllerhof – ja, auch davon weiß ich!", unterbricht er sich, als er meinen verwunderten Blick sieht. „Und nun hast du im Kaminzimmer dieses Neureichen-Bunkers geschlafen und erzähl mir nicht, dass er nicht bei dir war."

„Ja, er war bei mir. Er saß neben mir – weil ich ihn darum gebeten hatte. Ich wollte nicht alleine sein mit meinem Fieber. Das hat mich an die Straße erinnert."

Steffen fällt in brütendes Schweigen und fängt erneut damit an, seine Stirn zu kneten, während ich unruhig an meinem Kissen nestele. Ich mag dieses Gespräch nicht und der nervigste Teil kommt wahrscheinlich erst noch.

„Da ist noch etwas anderes, Roxy. Das wissen wir beide. Er ist achtzehn und wesentlich reifer als andere Jungs in seinem Alter, also ..." Mit einem resignierten Stöhnen nimmt Steffen die Hände von seiner Stirn und richtet sich auf. „Scheiße, ich muss dich das fragen. Möchtest du, dass ich einen Termin bei einem Gynäkologen für dich ausmache? – Oder einer Gynäkologin?", schiebt er rasch hinterher, als er meinen entsetzten Blick bemerkt.

„Was!?"

„Komm schon, Roxy, mach es mir nicht so schwer, das ist auch für mich kein leichtes Gespräch. Ja oder nein? Ich komme mit, wenn du magst ..."

„Niemals."

„Gut. Oder ich frage Diana ...“

„Weder in diesem noch in einem anderen Leben.“

„Kathrin?“

„Nein! Ich will überhaupt nicht zu einem Frauenarzt! Weder mit dir noch mit anderen Menschen, kapiert!?“ Mir ist dieses Gespräch so peinlich, dass ich mich am liebsten unter meiner Decke verstecken würde.

„Aber irgendwann musst du ...“

„Ja, vielleicht. Irgendwann. Mann, Nolan und ich haben uns noch nicht mal geküsst und du redest hier schon von Frauenarzt-Besuchen – muss das sein?“

„Ich denke, gute Väter machen das so.“ Steffen verzieht entschuldigend den Mund und zuckt mit den Schultern. „Und deshalb – wenn du Fragen zu diesem Thema hast, dann ...“

„Fragen zum Thema Sex!?“

„Ja.“ Wieder stöhnt er auf, als habe ihm jemand verkündet, dass er in den nächsten zehn Minuten gehenkt wird, ohne jede Chance auf Freispruch. „Dann kannst du sie mir stellen und ich werde so gut wie möglich versuchen, sie zu beantworten.“

„Lieber sterbe ich.“

„Roxy, ich mach mir halt meine Gedanken, er ist ein hübscher Kerl und du ... du bist das zauberhafteste Mädchen, das ich kenne, und das wird auch ihm nicht entgehen ...“

„Zauberhaft?", hake ich spöttisch nach. „Das glaubst du doch selbst nicht."

„Du magst das vielleicht nicht sehen. Aber du hast etwas, was nur sehr wenige Mädchen in deinem Alter haben, und er ist verrückt danach. Du kannst dich noch so dickköpfig und tough geben, wie du willst, es ist da – und du bist vor allem echt."

Echt oder nicht, ich will mich immer noch unter meiner Decke verkriechen. Trotzdem zwinge ich mich, mein Kinn zu heben und Steffen anzusehen.

„Ich will noch nicht mit ihm schlafen, in Ordnung? Aber vor allem möchte ich dieses Gespräch ..." Das Klingeln an der Tür unterbricht mich und Steffen und ich heben wie elektrisiert unsere Köpfe. Endlich erlöst uns jemand von dieser grauenhaften Unterhaltung und ich hoffe inständig, dass es nicht nur der Briefträger ist.

„Moment", knurrt Steffen. „Ich erwarte ein Päckchen. Bin gleich wieder da."

Mit geschlossenen Augen lausche ich, wie Steffen nach unten geht und die Tür öffnet – und stoße ein erleichtertes Quietschen aus, als ich Annes Stimme vernehme. Bitte wimmele sie nicht ab, Steffen, bitte nicht ...

„Roxy?", bellt er nach oben und die Tür schließt sich wieder. „Besuch für dich!"

„Yes", flüstere ich und löse meine Fäuste, um mir die

Handflächen gegen mein erhitztes Gesicht zu drücken. Fürs Erste bin ich davongekommen.

„Hi!", begrüßt Anne mich fröhlich, nachdem sie eingetreten ist, und schaut mich prüfend an. „Geht's dir wieder besser? Deine Backen sind so rot …"

„Steffen wollte gerade mit mir über Sex reden."

„Oooooooh …!" Annes Mund spitzt sich, während ihre Augen rund werden. „Ach du Scheiße … Wegen Nolan?" Sie streift die Jacke von ihren Schultern, wickelt sich den Schal ab und setzt sich ans Fußende meines Bettes.

„Ja. Es war furchtbar. Er will, dass ich zum Frauenarzt gehe und mir die Pille verschreiben lasse …"

„Aber das ist doch gut", erwidert Anne zögerlich. „Oder nicht? Dann musst du ihn nicht darum bitten. Ich müsste meinen Vater fragen, wenn ich einen Freund hätte, und wahrscheinlich würde ich es alleine deshalb nicht mit ihm tun …"

„Ich will die Pille nicht nehmen."

„Also seid ihr doch nicht zusammen, Nolan und du?"

„Keine Ahnung." Ich hebe die Schultern und lasse sie wieder fallen. „Es ist merkwürdig. Ich hab ihn nackt gesehen, aus Versehen, und wenn wir zusammen sind, streichelt er mein Gesicht und meine Haare und … Jetzt guck nicht so!"

Anne wirkt, als würde sie gleich explodieren vor

Neugierde und unterdrückter Belustigung. „Wieso denn nackt und wieso aus Versehen?"

„Er hat ein paar Runden bei sich im Pool gedreht und hatte keine Badehose an und das hab ich erst gemerkt, als er aus dem Becken gestiegen ist."

Jetzt kann Anne sich nicht mehr beherrschen und kichert ungehemmt los. Ist mir tausend Mal lieber als Steffens künstlich-pädagogisches Gehabe.

„Und ...?"

„Was und?"

„Hast du hingesehen? Also überall?"

„Nicht richtig. Weicher Blick, wie bei den Pferden."

Nun müssen wir beide lachen und ich merke, wie sich die Anspannung in mir langsam löst.

„Wollte er dich denn anmachen?"

„Nein." Darin bin ich mir ziemlich sicher – er ist mindestens so verlegen gewesen wie ich. „Er hatte einfach nicht mit mir gerechnet und dachte, ich schlafe tief und fest im Zimmer von seiner Schwester."

Ich hatte Anne schon eine Sprachnachricht geschickt und ihr von der Nacht in Nolans Haus berichtet. Über die Details zu reden, während wir uns gegenübersitzen, ist etwas ganz anderes – und tut irgendwie gut.

„Dann seid ihr zusammen", beharrt Anne. „Wusste ich es doch."

„Vielleicht. Ich weiß es echt nicht."

Seitdem Steffen mich bei Nolan abgeholt hat, haben wir uns nicht mehr gesehen. Er ist wieder in Warendorf, ich war krank. Ich hab lediglich einen Genesungsgruß von ihm bekommen, der ausschließlich aus Smileys bestand – inklusive Kuss-Smiley. Ich mag solche Nachrichten nicht besonders, aber sie sind besser als nichts.

„Wieso willst du denn nicht die Pille nehmen? Du hast doch bestimmt schon mal ... also, ich meine ...“ Anne stockt mit halb geöffnetem Mund und senkt den Blick. „Sorry, so war das nicht gemeint ...“

„Doch, war es“, entgegne ich gelassen. „Du denkst, ich hab es schon getan.“

Anne traut sich immer noch nicht, mich anzuschauen. „Na ja, du hast ja schon auf der Straße gelebt und ... hast sicher mehr erlebt als ich und ...“

„Und deshalb hatte ich Sex? Weil ich auf der Straße war?“

Anne schweigt – vielleicht hat sie Angst, etwas Falsches zu sagen.

„Ja, okay, Angebote gab es genug, aber das hatte mit Liebe nichts zu tun. Ich weiß nicht mal, wie es ist zu küssen. Bis vor Kurzem wusste ich auch nicht, wie sich Umarmungen anfühlen.“

„Okay ...“, murmelt Anne kleinlaut. „Du wirkst eben so erfahren.“

„Vielleicht in anderen Dingen. In diesen nicht. Und ich will die Pille nicht nehmen, weil ich keinen Bock hab, meinen Körper mit künstlichen Hormonen vollzupumpen und zu verlernen, wie er wirklich tickt."

„Ach so ... So hab ich das noch gar nicht gesehen." Anne riskiert einen Blick und ich hoffe, sie erkennt, dass ich nicht sauer bin. „Aber hast du nicht Angst, schwanger zu werden?"

„Gibt ja Kondome."

„Die sind nicht so sicher wie die Pille."

„Ja, kann sein. Aber wie gesagt – so weit sind wir lange nicht und deshalb möchte ich nicht ständig drüber quatschen. Mit Steffen schon gar nicht."

„Das kann ich verstehen." Seufzend streckt Anne ihre Beine aus. „Das sind die Momente, in denen ich Mama am meisten vermisse. Wenn ich mit meinem Vater über solche Themen sprechen muss. Brrrr."

Ich weiß genau, was sie meint. So ging es mir vorhin auch, obwohl ich mich gar nicht an meine Mutter erinnern kann. Doch obwohl es mit Anne leichter ist als mit Steffen, ist mein Kanal jetzt voll. Noch nie habe ich so viel mit anderen Menschen über Nolan und mich gesprochen und dazu sind beide noch der festen Auffassung, dass es da eine ernst zu nehmende Beziehung gibt. Ich will da im Moment eigentlich gar nicht drüber nachdenken.

„Wie geht es Avalon?“, lenke ich ab und klemme mir ein Kissen unter den Nacken.

„Deshalb bin ich hier.“ Das Lächeln weicht aus Annes Gesicht. „Die Lungenspülungen hat er überstanden und auch einigen Schleim abgehustet, aber er verträgt kein Heu mehr und fängt bei jeder kleinsten Staubbelastung sofort wieder an zu pumpen. Lubeck hat deshalb vorgeschlagen, ihn für eine Kur an die Nordsee zu bringen.“

„Eine Kur?“ Das klingt ziemlich luxuriös. Ich wusste bislang nicht, dass Pferde auch in Kur gehen.

„Ja, speziell für Hustenpferde und Ekzemer. In Edmond aan Zee gibt es einen kleinen Stall, der noch einen Platz frei hat. Ich könnte Avalon nächstes Wochenende dort hinbringen. Denn Kathrin kann erst nächstes Jahr Heulage machen und wir wollen Avalon nicht ständig vom Rest der Herde trennen, um zu vermeiden, dass er Heu frisst.“ Anne zieht die Knie an und schlingt ihre Arme darum. „Die Salzluft kann wohl Wunder bewirken und vielleicht hilft sie ihm. Immerhin kennt er das ja vom Atlantik. Zur Weidesaison ab Mai könnte ich ihn zurückholen, Kathrin würde den Platz für ihn freihalten. Ich wollte dich fragen, ob – na ja, ob Saphir Avalon begleiten kann.“

Schlagartig spüre ich Übelkeit in mir aufsteigen. Saphir – auch weg, den ganzen restlichen Winter und

Frühling über? Nein. Nein, das kann Anne nicht von mir verlangen ...

„Als *Reise*begleitung!", ruft sie schnell, als sie meine versteinerte Miene registriert, und wedelt schwungvoll mit den Händen. „Nur als Begleitung nächstes Wochenende, für den Hänger, und für das Wochenende, damit Avalon nicht alleine ist. Ich will dir doch dein Pferd nicht wegnehmen."

Das flaue Gefühl in meinem Bauch will noch nicht ganz weichen, dazu war mein Schrecken zu groß. Aber ich kann wieder tiefer atmen.

„Okay, gut, ich dachte schon ... dass er dort bei Avalon bleiben soll." Saphir ist doch meine letzte Verbindung zu Nolan. Außerdem möchte ich nicht, dass fremde Menschen sich an ihm zu schaffen machen.

„Nein. Das wäre zwar schön für Avalon, aber daran hab ich nie gedacht. Du kannst gut mit Avalon umgehen und Saphir wirkt beruhigend auf ihn, deshalb – kommt ihr mit? Der Kur-Stall hat eigene Ferienwohnungen, wir könnten zwei Appartements mieten, eins für uns beide und eins für meinen Vater, und wären von Freitag bis Sonntag unterwegs. Ich würde dich gerne dabei haben."

„Puh ...", mache ich nachdenklich. Anne musste immer wieder schlucken beim Reden und ihre Augen wirken verdächtig feucht. Es fällt ihr sicher nicht leicht,

Avalon über Wochen und Monate wegzugeben, nachdem die beiden gerade erst Vertrauen zueinander gefasst haben und Anne sich ihm nähern kann, ohne dass er scheut. Und vielleicht geht es gar nicht so sehr um Saphir. Sondern um mich. „Ich weiß nicht, ob Steffen das erlaubt. Und Nolan müsste ich auch fragen. Außerdem hab ich gar kein Geld dafür ..."

„Zahlt alles mein Vater. Hängermiete, Unterkunft, Essen, du müsstest lediglich mitkommen."

Das macht es einfacher – und irgendwie beginnt mir die Vorstellung zu gefallen. Ich war noch nie am Meer, und in den vergangenen Wochen hatte ich häufiger diesen wiederkehrenden Traum, mit meinem Seelenpferd am Strand zu sein, ohne jegliche Zäune und Beschränkungen. Mir ist klar, dass dieser Kurztrip kein Vergnügungsurlaub werden wird; es geht darum, Avalons Gesundheit zu retten. Trotzdem möchte ich mit Saphir dabei sein und mal rauskommen aus dem Alltagstrott und diesem ständigen Einerlei aus Schlamm, Regen und Mist.

„Saphir und Avalon würden zusammen auf einem großen Paddock stehen", fährt Anne nach einer Pause fort, als müsste sie noch Überzeugungsarbeit leisten. „Wir könnten mit den Pferden am Strand spazieren gehen und ..."

„Überredet, ich bin dabei."

„Ehrlich?" Einen Moment lang starrt Anne mich beinahe verblüfft an – dann strahlt sie.

„Wenn es nach mir geht: ja. Aber ich muss natürlich noch Steffen und Nolan fragen. Keine Ahnung, ob die ihr Okay geben." Und vielleicht dafür doch mit Steffen dieses schauderhafte Aufklärungsgespräch weiterführen, um von ihm grünes Licht zu bekommen. Irgendeinen Deal werde ich ihm anbieten müssen. Bei Nolan sehe ich keine so großen Probleme – wahrscheinlich muss ich ihm versprechen, Saphir in eine Decke einzupacken, er glaubt ja immer noch, ihm sei ständig zu kalt. Aber das lässt sich regeln.

„Danke, Roxy! Wenn du nicht so verrotzt wärst, würde ich dich jetzt abknutschen."

„Das sind übrigens deine Bazillen."

„Ja, ich weiß." Entschuldigend grinst Anne mich an. „Ich hab echt Angst, mich von Avalon zu trennen, aber wenn er dort gesund wird – dann ist es mir das wert. Ich kann andere Wesen einfach nicht leiden sehen."

„Verstehe ich. Ich sag dir Bescheid, sobald ich mit Steffen und Nolan gesprochen habe."

Anne nickt zufrieden und hievt sich hoch. „Dann fahr ich jetzt zum Stall. Zum ersten Mal seit Wochen ohne schlechtes Gewissen gegenüber Avalon ... Ich fühle mich tausend Kilo leichter, ehrlich. Bis bald, Roxy."

„Ja, bis bald."

Müde lasse ich die Schultern sacken, nachdem Anne nach unten gegangen ist. Die Unterhaltungen mit ihr und Steffen haben mich angestrengt. Mein Hals fühlt sich wieder rau an und mein Kopf dröhnt, und ich bin froh, meine Augen schließen zu können, als ich mich unter die Decke kuschele und meine Beine anziehe. Ich muss erst noch ein bisschen Kraft sammeln, bevor ich Steffen um Erlaubnis für den Holland-Trip bitte.

Doch als ich einschlummere, sehe ich Saphir mit blitzenden Augen und wehender Mähne den Strand entlang galoppieren, frei und wild.

Wo ich bin, weiß ich im Traum nicht.

Doch unsere Herzen sind untrennbar miteinander verbunden – und seine Freude ist auch meine Freude.

LUFTRETTUNG

„Sollen wir mal eine Pause machen?“, schlage ich säuerlich vor. „Vielleicht möchte sich ja jemand umbringen.“

Anne unterdrückt hinter mir ein belustigtes Prusten, doch Nolan verzieht keine Miene, sondern schaltet mit einer harten Bewegung die Musik aus und setzt den Blinker, um auf den nächsten Rastplatz abzubiegen und den Wagen samt Hänger unter zwei vom Dauerregen tropfenden Bäumen abzustellen.

„Ich geh mal für kleine Mädchen“, verkündet Anne gezwungen locker, stülpt sich die Kapuze über den Kopf und flüchtet in Richtung Toiletten. Stumm lehnt Nolan seinen Hinterkopf gegen den Sitz und schließt die Augen. Seine Züge wirken noch kantiger als bei unserer letzten Begegnung, sein Gesicht ist voller Schatten und die Haut viel zu bleich. Ihm geht es nicht gut. Trotzdem nervt mich seine miese Laune. Seit unserer Abfahrt vor zwei Stunden hat er keinen Ton gesagt.

Stattdessen läuft ein deprimierender Coldplay-Song nach dem anderen. Selbst ich kriege dabei schwermütige Gedanken.

„Du hättest nicht mitfahren müssen …"

„Ach …", schnaubt er und macht eine wegwerfende Handbewegung. „Ich hab ja Zeit, das Turnier musste ich eh canceln." Das klingt wie ein Vorwurf, obwohl ich nichts dafür kann, dass Lady ihn abgesetzt hat und seine Schulter es noch nicht zulässt, auf einem Turnier zu starten. „Außerdem hat Anne am Telefon Rotz und Wasser geheult, ich *musste* fahren."

„Aber musst du uns dabei denn unbedingt die Stimmung verderben?"

„Welche Stimmung bitte?" Gereizt schlägt Nolan mit der Faust auf das Lenkrad und betätigt dabei versehentlich die Hupe. „Anne ist ständig fast am Heulen, im Hänger steht ein keuchendes Pferd und es regnet ununterbrochen …"

„Ja, und wir fahren an die See, um diesem Pferd zu helfen."

Nolan sieht mich an, doch sein Blick bleibt trüb.

„Weißt du was, Roxy? Seitdem ich dich kenne, geht alles schief bei den Pferden. Das Vollblut meiner Freundin dreht durch und akzeptiert keinen anderen Menschen als dich, Jakob stirbt, bei euch stirbt auch ein Pferd, angeblich durch einen gezielten Tritt von meinem Pferd, nun fängt Lady an, Probleme zu machen, und ist kaum reitbar und dann muss ich auch noch ein todkrankes Pony ans Meer kutschieren ..."

„Das Vollblut deiner Freundin?", falle ich schneidend in diese unselige Aufzählung ein. „Isabella ist also doch noch deine Freundin?"

„Nein, aber ... Verdammt, vorher war doch alles gut – und ich war gut! Ich hab ein Turnier nach dem anderen gewonnen."

„Und durch mich ist alles mies geworden. Schon verstanden."

Eigentlich müsste ich auf der Stelle verschwinden. Was Nolan mir gerade an den Kopf wirft, ist unerträglich und tut mir körperlich weh. Aber er hat sich bereit erklärt, statt Annes Vater den Hänger nach Holland zu fahren, nachdem Annes Oma schwer gestürzt ist und ihr Vater sie bei sich aufnehmen musste, und es gleicht einem Wunder, dass Steffen uns dabei keinen Strich durch die Rechnung gemacht hat – immerhin wird Nolan uns als Erwachsener das ganze Wochenende über „betreuen" (was schon bei der Hinfahrt kein Quell der Freude ist – und zwar für keinen von uns). Ich darf diese Chance für Avalon jetzt nicht durchkreuzen und nur Anne zuliebe spreche ich nicht aus, was mir gerade durch den Kopf geht.

Trotzdem ärgert es mich, dass Nolan sich nicht dazu

geäußert hat, wie problemlos sich Saphir von mir in den Hänger führen ließ – schon beim dritten Versuch hat es geklappt. Bei Avalon brauchten wir mehrere Anläufe, doch nach nur einer Stunde standen beide Pferde friedlich nebeneinander an der kleinen Raufe und wir konnten so zeitig starten, dass wir noch am frühen Abend ankommen werden. Doch Nolan lehnte nur finster blickend an der Fahrertür, führte ab und zu ein wichtig klingendes Telefongespräch, in dem es um irgendwelche Turniermeldungen und Auslandstermine und Qualifikationsspringen ging, und schaute mir kein einziges Mal in die Augen. Viel geändert hat sich an seinem Verhalten seitdem nicht. Es hat nur die passende musikalische Untermalung bekommen.

Schweigend warten wir, bis Anne von der Toilette zurückkommt, und als sie sich hinter uns auf die Rückbank schiebt, erkenne ich, dass sie geweint hat. Ihre Augen sind gerötet und das Blau ihrer Iris wirkt heller als sonst. Sie reißt sich uns zuliebe zusammen, aber wahrscheinlich ist es ganz furchtbar für sie, in einer solch unterirdischen Stimmung zu einem unbekannten Stall zu fahren, um dort ihr Pferd für den Winter zurückzulassen – ein Pferd, das gerade erst vorsichtiges Vertrauen zu ihr gefasst hat.

Den Rest der Fahrt bleibt die Musik aus. Die Autobahn ist frei und wir kommen ohne Verzögerung voran – und doch erscheinen mir diese sechzig Minuten wie eine Ewigkeit und ich bin froh, als der Stall vor uns auftaucht, direkt hinter den Dünen und ein wenig abseits des Städtchens. Er ist nicht viel größer als die White Wing Ranch, doch sämtliche Pferde, die mit dem Hinterteil im Wind auf den Paddocks stehen, haben die gleiche Statur wie Avalon. Im Club der Heimwehkranken leben hier Isländer, Norweger, Exmoor-Ponys, Shettys und einige undefinierbare Pony-Mixe friedlich beisammen. Saphir sticht wie ein mystischer Exot aus ihnen heraus, als ich ihn aus dem Hänger führe, und tänzelt wie in alten Zeiten nervös auf der Stelle um sich selbst herum. Doch sobald Avalon neben ihm steht und witternd den Kopf hebt, als rieche er das Meer, beruhigt er sich wieder.

Dann geht alles so schnell, dass ich keine Zeit mehr habe, mich noch länger mit Nolans schlechter Laune zu beschäftigen. Die Besitzerin des Stalls und ihr Ehemann führen uns zu dem separaten Paddock für Avalon und Saphir, in dem bereits Netze mit intensiv duftender Heulage hängen, zeigen uns den Parkplatz für den Hänger und unsere nebeneinander liegenden Ferienwohnungen, verköstigen uns mit Suppe, Brot und Kuchen. Als Anne und ich nach einer heißen Dusche in unseren Betten liegen, geht es schon auf Mitternacht zu, sodass wir uns einigen, sofort zu schlafen, um morgen so früh wie möglich nach den Pferden zu sehen.

Ich bin immer noch nicht ganz gesund, der Tag war aufreibend für mich und die ungewohnte Meeresluft kitzelt in meiner Nase, als wolle sie meinen Schnupfen neu anfachen. Trotzdem nehme ich mein Handy und schaue noch mal all die Nachrichten durch, die Steffen mir in den letzten Stunden geschickt hat. Eine Verhaltensregel in Großbuchstaben jagt die nächste, dazwischen nimmt er manche von ihnen wieder zurück, weil er offenbar gemerkt hat, dass sie maßlos übertrieben sind, doch eines ist unmissverständlich: Ich soll mich auf keinen Fall zu Nolan in die Ferienwohnung wagen.

Dass Anne und ich uns die eine Wohnung teilen und Nolan die andere bezieht, war von Anfang an klar. Alles andere wäre mir völlig verkehrt vorgekommen und niemals hätte ich Anne alleine lassen wollen. Doch jetzt, da ich schlaflos in diesem fremden Bett liege und Annes ruhigen Atem auf der anderen Seite des Zimmers vernehme, keimt wieder der Zorn über Nolans abweisende Art und seine verletzenden Worte in mir auf, und ich möchte genau das tun, was ich nicht darf: zu ihm gehen und ihn zur Rede stellen. Denn dieses Hin und Her zwischen uns macht mich verrückt.

Wenn wir alleine sind, ist er liebevoll und lässt keinen Zweifel daran, dass er mich mag, aber sobald jemand anderes dabei ist, mutiert er zum Stinkstiefel und tut so, als sei ich einzig und allein seine etwas lästige Reitbeteiligung, die er nur flüchtig kennt. In Annes Gegenwart hat er mich nicht ein einziges Mal berührt oder etwas Nettes zu mir gesagt. Früher wäre es mir nicht wichtig gewesen, und es macht mich noch zorniger als ohnehin schon, dass es das jetzt ist. Als wäre mein persönliches Glück von ihm abhängig geworden.

Aber war ich denn früher überhaupt glücklich gewesen, als es Nolan noch nicht in meinem Leben gab? Und auch nicht Saphir und Anne, und ich in einer WG mit anderen schwer erziehbaren Jugendlichen gelebt habe und nicht die Rede davon war, dass Steffen mein Adoptivvater werden will? Nein, das war ich nicht. Mein Leben bestand darin, die Schule über mich ergehen zu lassen, mich in meinem Zimmer zu verkriechen, stundenlang fernzusehen und niemanden an mich heranzulassen. An die Jahre davor möchte ich nicht einmal denken.

Jetzt habe ich eine ganze Menge zu verlieren. Ein wunderbares Pferd, einen Ab-und-zu-Freund, eine Freundin, einen Vielleicht-Vater. Je nachdem, wie es läuft, fühlt es sich mal gut, mal weniger gut an.

„Tut mir leid, Steffen, das geht jetzt nicht anders“,

wispere ich, schlage die Decke zurück und schlüpfe lautlos in meine Jeans und meinen Kapuzenpulli, bevor ich mich barfuß aus dem Appartement schleiche und erst auf dem kalten Flur meine Boots anziehe. Ich muss das *jetzt* mit Nolan klären und ihm sagen, dass er so nicht mit mir umgehen kann und mir sein Verhalten wehtut. Als ich kurz darauf vor seiner Tür stehe, zögere ich eine Sekunde lang und überlege, wieder umzukehren. Doch dann nehme mir ein Herz und klopfe drei Mal mit dem Fingerknöchel dagegen.

Es dauert nicht lange, bis Nolan öffnet, und während er sich der Tür nähert, höre ich, dass er wieder telefoniert – und auch, dass er immer noch gereizt ist. Er lässt mir nicht die Gelegenheit, auf dem Absatz kehrtzumachen und wieder zu verschwinden, sondern greift bestimmt, aber sanft nach meinem Arm und zieht mich an sich, ohne sein Gespräch zu unterbrechen.

„Nein, Papa, das ist keine Spinnerei, dieses Pferd ist wirklich krank, ich hab das doch mit eigenen Augen gesehen und …" Nolan hält inne, weil Hilbert senior wieder zu reden angefangen hat, und obwohl ich seine Worte nicht verstehe, weiß ich, dass er noch gereizter ist als sein Sohn. „Ich hätte dieses Wochenende doch sowieso nicht starten können und auch nicht trainieren, der Doc hat mich krankgeschrieben, damit das Quali-Turnier in Neumünster nicht gefährdet ist, also …" Wieder beginnt sein Vater zu wettern und Nolan lässt es eine Weile mit gesenktem Kopf über sich ergehen, ohne mich loszulassen. „Mich zeigen? Echt? Ich soll das Wochenende über tatenlos in Warendorf hocken, um mich zu zeigen und präsent zu sein?"

„Das gehört nun mal dazu!" Nun ist Hilbert senior so laut geworden, dass ich ihn mühelos verstehen kann. „Du kannst nicht einfach von der Bildfläche verschwinden, wenn es dir passt, schon gar nicht wegen derart nichtigen Gründen und irgendwelchen Kleinmädchenträumen … Ich erwarte von dir, dass du morgen früh zurückfährst und in Warendorf auf der Bildfläche erscheinst, das Reporterteam wird seinen Termin bei euch nicht verschieben, also sieh zu, dass du dort bist, wenn …"

„Auf keinen Fall lasse ich die Mädels hier alleine, Vater!", fällt ihm Nolan ins Wort. „Das kannst du vergessen. Außerdem gab es genug Presse über mich, mir soll es recht sein, wenn mal ausnahmsweise nicht über mich berichtet wird." Nun beginnt sein Vater zu brüllen, doch Nolan nimmt stöhnend das Handy vom Ohr, drückt auf den roten Hörer, schiebt es in seine Tasche und zieht mich mit beiden Armen an sich, bis ich beinahe an seiner Brust verschwinde. Sein Herz schlägt hastig, das Gespräch muss ihn aufgeregt haben, doch seine Umarmung wirkt ruhig, müde und ratlos.

Seine Nähe, seine feste Berührung lassen meinen Zorn verschwinden. Ich stelle beschämt fest, dass ich keine Sekunde darüber nachgedacht habe, was sein Vater wohl zu dieser Unternehmung sagen würde. Und natürlich passt es Hilbert senior nicht, dass Nolan nicht in Warendorf ist, wenn dort ein Fernsehbeitrag über die neuen Sportsoldaten gedreht wird – und er als ernst zu nehmende Olympia-Hoffnung wohl der Star dieses Beitrags gewesen wäre ...

„Tut mir leid wegen heute Nachmittag, Roxy", murmelt Nolan in meine Haare und macht keine Anstalten, mich loszulassen. „Das war unfair."

„Allerdings", erwidere ich milde. Wir verharren noch einige Atemzüge, bis er seine Arme von mir löst und ich ihn ansehen kann. „Was ist eigentlich los mit dir? Wieso bist du so mies drauf?"

Ächzend lässt Nolan sich auf das schmale, graue Sofa fallen und ich setze mich zögernd neben ihn. Viel Platz ist nicht zwischen uns. Irgendwie ist in Holland alles klein. Die Wohnungen, die Möbel, die Zimmer. Als wäre ich in einer Miniaturwelt gelandet. Nur die Fenster sind groß und jeder kann hereinschauen, der an unseren Appartements vorbeigeht. Trotzdem gefällt es mir hier und ich kann es kaum erwarten, das Meer zu sehen.

„Ich weiß nicht, ob es Sinn macht, dir davon zu erzählen ..."

„Findest du es sinnvoller, mich anzuschweigen oder anzublaffen? Ich bin nicht schuld an deinem Leben. Das hast du dir so ausgesucht.“ Puh, was sind denn das für Sätze – als stünde hier Steffen oder Diana.

„Ja, hab ich das? Ich glaube nicht. Das haben andere für mich ausgesucht und es wäre ja auch okay, wenn ... Ich hab Schmerzen, Roxy. Seit zwei Wochen ununterbrochen. Sie ziehen in die Schläfe und ins Gesicht, jeder Schluck, jeder Bissen, jedes Wort tut weh. Ich bin letzte Nacht deshalb heulend in meinem Zimmer auf und ab gelaufen und ...“ Als hätte er zu viel gesagt, wendet er sein Gesicht von mir ab und stiert auf das Leinwandbild an der Wand, das die schäumende Brandung unter blitzblauem Himmel zeigt. Eine weiße Möwe fliegt über die Gischt, das einzige Lebewesen auf diesem Foto. Sie sieht aus, als würde sie die Gezeiten beherrschen, frei und stark. „Ich bin echt nicht stolz drauf und ich kann mich nicht erinnern, wann ich das letzte Mal vor Schmerzen geheult hab, aber sie machen mich langsam wahnsinnig und die Tabletten wirken immer nur kurz ...“

„Warum hast du denn nichts davon gesagt?“ Ich wusste nicht, dass die Sache mit seiner Schulter so schlimm ist. Wenn ich das geahnt hätte, hätte ich ihn niemals gebeten, uns nach Holland zu fahren.

„Ein Indianer kennt keinen Schmerz, oder?“ Nolan grinst unglücklich. „Jede Nacht denke ich, dass es am nächsten Morgen vorbei ist, aber nach dem Aufstehen geht die Kacke wieder von vorne los."

„Vielleicht sollst du dich einfach mal ausruhen. – Also, nicht jedes Wochenende zu einem Turnier fahren und dazwischen jeden Tag trainieren. Sondern dir eine Auszeit nehmen."

„Roxy, ich bin Sportsoldat in der Ausbildung, darauf hab ich die ganzen letzten Jahre hingearbeitet, ich kann jetzt keine Auszeit nehmen! Das geht nicht!"

„Aber vor Schmerzen nicht schlafen können, das geht? Du kannst doch gerade sowieso nicht reiten ...", wende ich ein, was nicht zu übersehen ist.

„Das Turnier in zwei Wochen muss ich wahrnehmen, und wenn ich mich dafür schmerzfrei spritzen lasse. Das kann ich nicht sausen lassen!"

„Sagt wer?"

„Ich!" Entrüstet springt Nolan auf und beginnt im Zimmer auf und ab zu gehen. „Ich möchte an diesem Turnier teilnehmen, da geht's um Weltranglistenpunkte, Olympia rückt immer näher und jetzt ... ich ..."

„Du platzt vor Freude." Ich klinge zynisch, aber ich weiß nicht, wie ich ihn sonst aufwecken soll. So wie er sieht niemand aus, der kurz davorsteht, sich seinen Lebenstraum zu erfüllen. Seitdem wir aufgebrochen sind, habe ich ihn kein einziges Mal lachen oder auch nur lächeln sehen.

„Ja, vielleicht stimmt was nicht mit mir", sagt er nach einer angestrengten Pause bitter und zerwühlt sich seine Haare. „Vielleicht komme ich nach meiner Mutter und kann mich irgendwann an gar nichts mehr freuen. Soll ja erblich sein mit der Veranlagung zu Depressionen."

„So ein Blödsinn." Jetzt hört sich meine Stimme wieder warm an und mir ist, als ob sich ein Eisbrocken in meiner Kehle löst. Das ist es also, was ihn belastet? Er stellt sich infrage? „Noch vor Kurzem hast du mit mir in der Reithalle total albern mit deinem Pferd gespielt und ..."

„Dieses Pferd ist nicht mehr da, Roxy. Jakob ist tot und es vergeht kein Tag, an dem ich mir das nicht vorwerfe. Mein Herz hat immer nur Jakob gehört und es hat Wochen gedauert, bis ich mich damit abgefunden habe, dass er nicht mehr da ist und Lady mein wichtigstes Pferd ist, und jetzt – jetzt macht sie dicht und verweigert fast jedes Hindernis ... und nur, wenn ich sie reite, kapierst du? Nicht mit meinen Trainern, ihnen gelingt alles – nur bei mir! Ich kann mich bei ihr nicht durchsetzen!"

Ich erspare mir zu fragen, was er mit *sich durchsetzen* meint, und erst recht nicht will ich wissen, was seine Trainer machen, damit Lady spurt. Ich weiß nur, dass sie eines der sanftesten Pferde ist, das ich bisher kennengelernt habe. Allen Stutenvorurteilen zum Trotz hat sie nie gezickt, sondern kam mir immer nachsichtig und geduldig vor. Ich müsste sie schon persönlich sehen, um zu wissen, was mit ihr los ist – und das geht nun mal nicht. In Warendorf habe ich keinen Zutritt, wie früher auf dem Kastanien-Hof.

„Kann es nicht sein, dass sie deine Schmerzen spürt und dich durch ihr Verweigern vor weiteren Verletzungen schützen will?"

„Indem sie mich abwirft?" Skeptisch mustert Nolan mich. „Das ergibt doch keinen Sinn. Aber bis vor ein paar Wochen war sie besser denn je. Wir haben ein Springen nach dem anderen gewonnen."

„Und du – warst du glücklich dabei?"

Nolan antwortet nicht, sondern stützt sich auf der Fensterbank ab, um sich sofort wieder unter einem schmerzerfüllten Ächzen aufzurichten und mit der Linken an seine rechte Schläfe zu fassen.

„Es geht hier nicht um Glück, Roxy", zwingt er sich nach einem langen Schweigen, auf meine Frage einzugehen, denn ich habe nichts mehr gesagt und ihn nur abwartend angesehen. „Es geht darum, das weiterzuverfolgen, was ich über Jahre hinweg aufgebaut habe, und es nicht wegen ein paar Zipperlein und einer schlechten Phase hinzuschmeißen."

„Manchmal irrt man sich in seinen Plänen."

Wie sehr hatte ich mich doch geirrt, als ich glaubte, ich würde auf der Straße durchkommen, ohne in Schwierigkeiten zu geraten. Trotzdem hätte es für mich damals keine Alternative gegeben – und womöglich ist das bei Nolan genauso.

„Ich will im Moment einfach nur, dass die Schmerzen aufhören und ich wieder klar denken kann. Verstehst du? Mehr will ich gar nicht!"

„Ja, klar verstehe ich das." Es hat keinen Sinn, länger mit ihm zu diskutieren, er ist erledigt und auch ich fühle mich wieder schwach und kränklich, zumal es in Nolans Appartement empfindlich kalt ist. „Ich will nur nicht, dass du vor Anne so tust, als würden wir uns nicht ... also ... als wäre ich eine Fremde für dich."

„Hab ich das?" Nolan unterdrückt ein Gähnen.

„Ja. Du warst eiskalt zu mir."

„Wie ich vorhin schon sagte – es tut mir leid ... ich weiß nicht, wo mir der Kopf steht."

Ich bin mir nicht sicher, ob er begriffen hat, was ich meine, doch ich will endlich in mein warmes Bett und auch er gehört in die Federn.

„Okay, dann gute Nacht."

„Wie – das ist alles? Gute Nacht und du verschwindest nach draußen?"

Fragend drehe ich mich zu ihm um. „Ich weiß nicht, was ich sonst tun soll ..."

„Aber ich weiß es.“ In drei Schritten ist er bei mir und zieht mich erneut an sich, und für ein paar Sekunden vergesse ich alles, worüber wir eben geredet haben, als mein Handy mahnend piepst – die WhatsApp-Nachricht kann nur von Steffen kommen.

„Die Bulldogge, oder?“

„Sieht so aus. Ich darf eigentlich gar nicht hier sein.“

„Dann ab nach drüben ... Schlaf gut, Roxy.“

„Du auch.“

Anne schläft immer noch tief und fest und hat mein Verschwinden offenbar nicht bemerkt, doch es dauert lange, bis ich ebenfalls Ruhe finde, denn immer wieder glaube ich, ganz leise das Meer rauschen zu hören.

Im Traum sehe ich Nolan auf Lady über eine riesige, hellgrüne Wiese reiten, ohne Sattel und Zaumzeug, und aus seiner rechten Schulter wächst ein leuchtender Regenbogen in den Himmel.

Keine Schmerzen, kein Zwang oder Drill.

Nur Liebe, Freude und Freiheit.

FREI WIE DER WIND

„Was hat er denn?“ Anne dreht sich verunsichert zu mir herum.

„Schmerzen“, gebe ich knapp zurück, denn ich habe keine Lust, mich mit Nolans schlechter Laune auseinanderzusetzen. Seit dem Frühstück spricht er wieder kaum ein Wort und schaut die meiste Zeit an uns vorbei, als sei die Welt ein einziges Jammertal und das, was wir hier tun, vollkommen sinnlos.

Ich möchte jetzt auch gar nicht darüber nachdenken, denn wir sind mit unseren Pferden auf dem Weg zum Meer. Noch sind wir umgeben von Dünen, in deren dornigem Gebüsch der Wind geheimnisvoll flüstert, als befänden wir uns in einer verwunschenen Märchenwelt, aber ich kann das Rauschen der Brandung bereits hören. Auch die Pferde scheinen zu spüren, dass gleich etwas geschehen wird, das nur ihnen gilt. Saphir verhält sich ungewöhnlich ruhig und nur deshalb bin ich Nolans Drängen nachgekommen, ihn zu satteln und zu trensen, obwohl ich nicht vorhabe, ihn zu reiten. Aber auch darüber wollte ich nicht diskutieren. Von mir aus kann er seinen Sattel tragen; Nolan kann mich schließlich nicht zwingen, mich auf ihn zu setzen, und die klassische Trense habe ich in letzter Sekunde heimlich durch eine neue, gebisslose ausgetauscht, die ich mir kürzlich erst von meinem wenigen Ersparten gekauft habe. Saphir muss kein scharfes Metall im Maul haben, wenn ich ihn sowieso nicht reite.

Die Ohren der Pferde sind gespitzt und drehen und wenden sich prüfend in alle Richtungen, und ab und zu prustet Saphir leise, worauf Avalon ihm antwortet – etwas angestrengter und kürzer als er, doch Anne und ich strahlen uns jedes Mal an. Denn es ist ein Geräusch, das wir lange nicht mehr von ihm gehört haben. Er ist nicht einmal vierundzwanzig Stunden an der See und schon kann er besser durchatmen – alleine das ist ein kleines Wunder, und es kann Nolan nicht einmal ein Lächeln entlocken. Entweder seine Schmerzen haben sich über Nacht weiter verschlimmert oder er ist in seine üblichen Grübeleien zurückgefallen.

Ich bin froh, dass er das Schlusslicht unserer Gruppe bildet – das macht es mir leichter, mich auf das zu konzentrieren, was vor uns liegt und ich nach wie vor nur höre, aber nicht sehe. Doch nach der nächsten Biegung bewegt sich der schmale Pfad, den wir genommen haben, auf eine Anhöhe hinaus, die nur von trockenem, bräunlichem Dünengras bewachsen ist. Das Rauschen der Brandung nimmt stetig zu und auch der Wind frischt auf, als wir uns mit den Pferden nach oben bewegen. Ich muss Saphir ein wenig bremsen, so schnell schreitet er plötzlich voran – mir ist, als wolle er genauso brennend wie ich sehen, was hinter dem Dünenkamm liegt und solch fremde, faszinierende Geräusche macht, wie wir sie beide noch nie gehört haben, und als ahne er, dass er seinen Blick gleich endlos schweifen lassen kann.

Was das bedeutet, begreife ich jedoch erst, als wir den höchsten Punkt der Düne erklommen haben – und bleibe überwältigt stehen. Saphir stoppt direkt neben mir. Wie ich richtet er seine Augen aufmerksam auf jenes riesengroße, grenzenlos erscheinende Blau vor uns, das mit dem Horizont zu verschwimmen scheint und übersät ist von unzähligen weißen Schaumkronen.

Kurz scheut Saphir vor dem Brausen des Windes und will umkehren, doch seine Neugierde siegt und er macht lediglich ein paar Trippelschritte, um dann erneut auf das Meer zu schauen, dessen Anblick mir immer noch den Atem raubt.

Ich hatte nicht gewusst, dass es so riesig ist, so weit – so mächtig in seinem beständigen Tosen und Rauschen. Auch der Strand kommt mir vor wie eine kleine

Wüste, die direkt an das Wasser grenzt und regelmäßig von seinen Wellen benetzt wird. Wie winzig ist doch eine Reithalle im Vergleich zu dem, was vor uns liegt – und wie begrenzt selbst die größte Weide!

„Ist das nicht schön?“, flüstere ich, und Saphir gibt mit geweiteten Nüstern ein trötendes Schnauben von sich, als traue er der Sache nicht ganz und müsse gründlich die salzige Luft prüfen, während Avalons Augen feucht schimmern und er beinahe stoisch auf den Strand hinunterblickt. Wer weiß schon, wie oft er in Exmoor auf den Klippen über dem Atlantik stand und dem Horizont entgegenschaute. Möglicherweise ist das hier für ihn mehr Heimat als die White Wing Ranch es jemals sein kann.

„Sollen wir?“, fragt Anne verhalten und tritt mit Avalon neben mich. Nur Nolan befindet sich noch hinter uns und ich wage es nicht, ihn anzusehen und feststellen zu müssen, dass seine Augen immer noch jene dunkle Traurigkeit in sich tragen, die ich schon gestern in ihnen gesehen habe.

Ich nicke nur, lockere den Strick und setze mich in Bewegung. Saphir folgt mir anstandslos, zwar mit hochgerecktem Kopf und regelmäßigem Tröten und Schnauben, doch trittsicher und geschickt; der Sand bereitet ihm keinerlei Mühe, während ich ab und zu ins Rutschen gerate.

„Du lässt ihn nicht frei, Roxy“, höre ich Nolan hinter uns warnend rufen, als habe er meine Gedanken gelesen. Denn genau das schoss mir eben durch den Kopf – dass ich Saphir eigentlich vom Strick nehmen und die Trense lösen müsste, damit er sich ungehindert bewegen kann, sobald wir den Strand erreicht haben. Ich weiß, dass er nicht abhauen würde. Wo sollte er auch hin? Wir sind jetzt seine kleine Herde und er hat keinen Grund, vor uns zu flüchten.

Ich halte mich an Nolans Anweisungen, lasse allerdings Saphir den Strick so lang wie möglich. Sobald wir unten sind, nutzt er dies sofort, um sich zu drehen und zu wenden, ab und zu auf der Stelle zu tänzeln oder neugierig den feuchten Sand umzugraben.

Auch Avalon wird lebendig und scharrt wie Saphir erst mit dem rechten, dann mit dem linken Vorderhuf im Sand, bis er schließlich ein paar kurze, drollige Freudensprünge auf der Stelle macht, die Anne und mich lauthals auflachen lassen und unsere angespannte Stimmung im Nu lockern.

Nun will ich es den Pferden gleichtun – ich möchte meine Hände in den Sand graben, eine der unzähligen Muscheln, die hell daraus aufblitzen, aufheben und von Nahem betrachten, ich will nach vorne zur Brandung laufen und den Wellen ausweichen – doch all das geht nicht, solange ich Saphir festhalten muss.

Fragend drehe ich mich zu Nolan um, der mit den Händen in den Jackentaschen hinter uns steht und gedankenverloren in den Himmel blickt, dessen windzerzauste Wolken gerade aufzureißen beginnen und helles Sonnenlicht über die Wellenkämme wandern lassen, als gäbe es einen unsichtbaren Künstler über uns, der das Meer mit einem riesigen Pinsel immer wieder neu bemalt.

„Nolan? Kannst du ihn mal nehmen?"

Wortlos streckt er seine Hand aus und ich drücke ihm das Ende des Strickes in die Hand. Erst jetzt bemerkt er die gebisslose Trense, verkneift sich aber einen Kommentar und zuckt nur ergeben mit den Schultern. Ihm scheint längst klar geworden zu sein, dass ich nicht vorhabe, mich auf Saphirs Rücken zu schwingen, auch wenn es für andere Reiter wahrscheinlich der größte Traum ist, einen solch weiten Strand entlang zu preschen. Ich würde lieber mit Saphir vom Boden aus in der Brandung spielen – immerhin kann ich das nun alleine tun.

Der Wind braust in meinen Ohren, als ich über den nassen Sand renne und meine Arme weit ausbreite, bis ich die Kraft der Böen an meinem ganzen Leib spüre – hätte ich vier Beine, würde ich längst galoppieren. Ich habe die Brandung fast erreicht, als ich von fern Annes aufgeregtes Rufen und ein sanftes, scheues Wiehern vernehme, das sich anhört wie eine Begrüßung. Das war Avalon ... Was ist mit ihm?

Noch in der Bewegung drehe ich mich um – und glaube zuerst, in einer der vielen Dokus gelandet zu sein, die ich in meinen zahlreichen einsamen Nächten in der WG geschaut habe. Wir sind nicht mehr alleine. Oben auf dem Dünenkamm, nur wenige Meter von jener Stelle entfernt, an der wir hinunter zum Strand gelaufen sind, sind Pferde aufgetaucht – Pferde mit dickem Winterfell und zerzausten Mähnen.

Ich erkenne sie sofort, als wären sie meine Seelenverwandten: Es sind Wildies, frei lebende Pferde, die niemandem dienen und niemandes Last tragen müssen und zwischen deren Kiefer nie ein Metallgebiss geschoben wurde, um sie durch Schmerzen zu bändigen. Die Stallbesitzerin hatte gestern beim Essen erwähnt, dass es hier zwei frei lebende Herden von Koniks und Exmoor-Ponys gibt, rechts und links von Egmond in den weitläufigen Dünen, doch sie hat auch gesagt, dass man manchmal tagelang nach ihnen suchen muss, wenn man ihnen begegnen möchte. Denn gerade in den eher rauen Wintern suchen sie gerne Schutz in den vielen versteckten Tälern zwischen den sandigen Erhebungen.

Nun sind sie gekommen, als wollten sie Avalon und Saphir begrüßen, und ich kann von hier aus sehen, dass Avalon Anstalten macht, sich ihnen zu nähern – vielleicht glaubt er, seine alte Herde wiederzusehen. Es ist ein Anblick, der mir das Herz zerreißt und mich zugleich überglücklich macht, denn auch ich habe das Gefühl, meine Familie wiederzusehen.

Pferde, nicht Menschen – und ich muss zu ihnen.

Ohne Nolan zu beachten, renne ich zurück zu Anne und Avalon, der sich längst durchgesetzt hat und seine Besitzerin führt, anstatt sich von ihr führen zu lassen, bis hinauf zu dem hölzernen Türchen auf der Dünenkuppe, das ihn von seinen wild lebenden Schwestern und Brüdern trennt. Anne gerät ein paar Mal ins Rutschen und muss sich mit den Händen am Dünengras festhalten, um nicht zu stürzen, doch Avalon reißt sich nicht los, sondern wartet, bis sie sich gefangen hat, und schreitet dann zielstrebig weiter. Als ich die beiden endlich erreicht habe, keuche ich vor Anstrengung und mir ist heiß geworden unter meiner dicken Jacke und meinem Pullover.

Die Wildies sind einige Meter vom Zaun zurückgewichen, aber nicht geflohen. Dicht zusammenstehend beäugen sie uns in gelassener Neugierde – offenbar sind sie den Anblick von Menschen gewöhnt, auch wenn sie vorsichtigen Sicherheitsabstand wahren. Wieder wiehert Avalon leise auf und eine der Stuten antwortet ihm sogar.

„Er will so gerne zu ihnen …“, flüstert Anne mit Tränen in den Augen und lässt sich mit dem Strick in der Hand in den Sand fallen. „Siehst du?“

Ja, ich sehe es. Das Meer interessiert Avalon nicht länger. Gebannt steht er an dem kleinen Törchen und schaut zu den anderen Pferden, als warte er nur darauf, dass wir es endlich öffnen und ihn zu ihnen lassen.

„Ich glaube, ich kann ihn nicht wieder zurück zu uns nehmen im Frühjahr …“ Anne legt die Hände vor ihr Gesicht und unterdrückt ein Schluchzen. „Das kann ich ihm nicht antun … Er müsste eigentlich bei ihnen leben, oder?“

Eigentlich müsste jedes Pferd so leben können wie sie – nur ohne Zäune. Frei. Wahrhaft frei. Aber ich weiß, dass das eine Illusion ist. Diese Möglichkeiten hat der Mensch der Natur schon lange genommen …

„Sag es, Roxy, bitte sag, was du denkst.“ Flehend greift Anne nach meinem Arm. „Du weißt besser als ich, wie Pferde ticken, und ich liebe ihn … Auch wenn ich ihn erst seit einem Monat habe, ich liebe ihn … und ich will, dass es ihm gut geht.“

„Er ist noch ziemlich jung und rangniedrig“, spreche ich aus, was mir gerade durch den Kopf schießt. „Also keine Bedrohung für einen führenden Leithengst. Vielleicht … vielleicht kann man ihn wirklich noch bei ihnen eingliedern, sobald er sich erholt hat.“

Schluchzend wischt Anne sich mit dem Jackenärmel über ihre nassen Wangen und wendet sich wieder dem Meer zu, als ihr Blick plötzlich starr wird, sie ihren Kummer schlagartig zu vergessen scheint und nach vorne zeigt.

„Schau mal, Roxy, was macht der denn da?"

Was ich sehe, erstaunt mich nicht minder als sie: Nolan hat sich an Saphirs Steigbügel zu schaffen gemacht und passt sie gerade an seine Armlänge an – es sieht ganz so aus, als wollte er ihn reiten. Hier, am Strand, bei nahender Flut und stürmischen Böen – ein ehemaliges Rennpferd, das nur Fluchtgalopp kennt und von dem er vor Kurzem noch behauptete, es sei für jeden Reiter gemeingefährlich.

„Es ist sein Pferd ...", murmele ich. Jetzt hat er die Steigbügel auf die passende Länge gebracht und streicht dem nervös auf der Stelle tretenden Saphir beruhigend über seinen schimmernden Hals. „Er darf das."

„Ja, aber – will er sich etwa umbringen?", fragt Anne entsetzt.

„Vielleicht eher leben ..."

Ich hoffe jedenfalls, dass das seine Motivation ist – sich endlich mal wieder richtig lebendig zu fühlen. Doch auch ich kann in diesem Moment nicht einschätzen, was geschieht, sobald Nolan auf Saphir sitzt – zumal Saphir noch nie ohne Gebiss geritten wurde. Er könnte in der ersten Sekunde mit Nolan durchgehen, wie wild buckeln, steigen ...

„Ich kann kaum hinsehen", wispert Anne und wendet sich stöhnend ab, um gleich darauf wieder ihren Blick auf Nolan und Saphir zu richten. Hinschauen ist eine Nervenprüfung, Wegschauen jedoch ist für uns beide längst unmöglich geworden. Selbst Avalon wendet seinen Hals, um unserer Aufmerksamkeit zu folgen, bleibt jedoch ruhig stehen, als sei er mit dem Sand verwachsen – ganz im Gegensatz zu Saphir, der auf dem feuchten Grund zu tanzen beginnt, noch während Nolan seinen Fuß in den Steigbügel stellt.

Nolan geht mit Saphirs Bewegungen mit und wartet einen passenden Moment ab, um sich hochzuziehen, und ich rechne damit, dass er in der nächsten Sekunde auf dem Boden liegt – doch es gelingt ihm, sich sanft in den Sattel gleiten zu lassen, ohne das Gleichgewicht zu verlieren; ein akrobatisches Kunststück, das Anne ein anerkennendes Raunen entlockt.

Kurz friert Saphir ein, als er bemerkt, dass ein unbekanntes Gewicht auf seinem Rücken lastet – ein solch schwerer Mensch hat noch nie auf ihm gesessen –, doch ich kann selbst von hier oben erkennen, dass Nolan sofort in den leichten Sitz gegangen ist; sein Hintern berührt kaum den Sattel, er will es Saphir so einfach wie möglich machen, sich an ihn zu gewöhnen. Selbst die Zügel lässt er so lang, dass die gebisslose Trense kaum auf Saphirs empfindliche Nase drücken kann – vielleicht bemerkt er sie sogar gar nicht.

Trotzdem beginnt Saphir nach dem ersten erschrockenen Innehalten sofort wieder zu tänzeln, zuerst im Kreis und dabei leicht mit dem Kopf scheuend, dann macht er ein paar Hüpfer nach vorne, kommt dabei der Brandung zu nahe und bewegt sich sofort wieder rückwärts von ihr weg, um erneut nach vorne zu drängen. Es sieht wirklich aus, als würde er mit dem Meer zu tanzen beginnen – etwas an ihm lockt ihn und lässt ihn sogleich wieder weichen, und Nolan bleibt dabei nahezu passiv, selbst seine Schenkel liegen ganz weich am Pferdeleib und er scheint Saphir alleine durch Gewichtsverlagerungen zu lenken und dabei ganz sacht im Zaum zu halten.

„Wow, kann der reiten …“, entfährt es Anne bewundernd. „Das werde ich nie fertigbringen.“

„Ich will es gar nicht“, entgegne ich halblaut, obwohl auch ich fasziniert davon bin, wie es Nolan gelingt, mit Saphir mitzugehen und ihm stets genug Raum zu lassen; kein einziges Mal zwingt oder nötigt er ihn zu etwas, er lässt ihm alle Zeit der Welt … ganz ähnlich, wie er es mit mir tut, wenn wir zusammen sind. Und so würde er es immer tun, begreife ich, während ein warmes Gefühl durch meine Brust wandert und sich in meinem ganzen Körper verteilt. Niemals würde er mich zu etwas drängen, zu dem ich noch nicht bereit bin.

Doch auch Saphir gibt ihm Raum, sich zu erleben und zu fühlen. Es ist wie ein Wunder, noch immer hat er weder gebuckelt noch ist er gestiegen, und auch scheut er nicht so heftig, dass Nolan in Gefahr wäre, zu stürzen. Saphir schenkt ihm etwas – ja, er schenkt ihm Lebendigkeit und Abenteuer, als wisse er instinktiv, dass Nolan dieses Gefühl jetzt mehr als alles andere auf der Welt braucht: sich selbst zu spüren, auf dem Rücken eines Pferdes, ohne Publikum, ohne Hindernisse, die er überspringen muss, ohne das tonnenschwere Gewicht des Erwartungsdrucks, das auf seinen Schultern lastet und ihn vor Schmerzen beinahe in die Knie zwingt.

Auf Saphir darf er sich frei fühlen, ohne dass er dabei in Gefahr ist – das würde Saphir niemals zulassen. Tränen steigen in meine Augen, als ich realisiere, wie klug und nachsichtig Saphir geworden ist, wie er trotz seiner Angst und Unerfahrenheit jenem Menschen, der da ganz unerwartet auf ihm sitzt, dient und auf seine Bedürfnisse eingeht.

Das hat er für mich in den vergangenen Wochen auch immer wieder getan, ohne dass ich es so recht gemerkt habe, aber es bei einem anderen Menschen zu sehen, der mir am Herzen liegt, lässt eine solch tiefe Liebe für dieses Pferd in mir aufkeimen, dass ich schlucken muss, um nicht zu weinen.

Anne ist geistesgegenwärtig genug, um ihr Handy aus der Tasche zu ziehen und die Kamera zu aktivieren, als wisse sie ebenso gut wie ich, welch kostbaren Anblick wir von unserem Logenplatz aus genießen dürfen. Auch ein dick eingemummeltes Pärchen, das seine beiden Hunde spazieren führt, bleibt andächtig in einigem Abstand stehen und schaut Saphir bei seinem leichtfüßigen Spiel mit den Wellen zu – wie wir voller Respekt vor dem Können des Reiters auf seinem Rücken, der die Zügel immer noch lang lässt und Saphir erst dann in den Galopp übergehen lässt, als dieser sich an das Auf und Ab der Wellen gewöhnt hat und bereit ist, sich führen zu lassen.

Es dauert nur wenige Meter auf dem nassen, festen Sand, bis Saphir zeigt, was in ihm steckt, und ich liebe es, zu sehen, dass Nolan die Zügel nicht annimmt und Saphir den Kopf so hoch tragen lässt, wie es einem Vollblut entspricht – Saphir darf alles sehen, wird in seiner Wahrnehmung nicht behindert, und Nolan ist erfahren genug, um mit dieser aufgerichteten Haltung umgehen zu können, auch im vollen Jagdgalopp.

„Scheiße, ist der schnell …“, flüstert Anne andachtsvoll und lässt die Kamera erst sinken, als Saphir und Nolan nur noch als schwarzer Punkt zu erkennen sind und in einem weitläufigen Bogen über das Watt ihre Rückkehr einleiten. Ja, Saphir ist verdammt schnell, und vielleicht ist es nicht nur für Nolan ein heilender Moment, sondern auch für Saphir selbst – zu erleben, dass niemand auf ihn eindrischt, während er galoppiert, dass er dabei nicht gegen andere Pferde anrennen muss, dass es um nichts anderes geht, als sich sämtliche Anspannung aus dem Leib laufen zu dürfen.

Anne filmt erneut, dieses Mal die Ankunft der beiden, während ich hinunter zum Strand klettere, um Nolan und Saphir zu empfangen.

Saphirs Brust ist nass vor Schweiß, als Nolan ihn in einen schnellen Trab und schließlich in den Schritt übergehen lässt, und aus seinen geblähten Nüstern leuchtet es rosa, doch seine Augen glänzen gesund und sein Maul sieht entspannt und zufrieden aus.

Es dauert trotzdem ein paar Minuten, bis er so ruhig stehen bleibt, dass Nolan absteigen kann, doch Nolan gewährt sie ihm geduldig und lacht zwischendurch sogar amüsiert auf, weil Saphir laut schnaubend einer Möwe ausweicht, die im Tiefflug und laut kreischend über unsere Köpfe hinweggleitet. Tränen rinnen aus Nolans Augenwinkeln, der Wind muss sie gelöst haben, während er auf Saphir über den Strand geflogen ist, und er wischt sie sich lässig mit dem Handrücken von seinen geröteten Wangen.

„Nette Rennmaschine“, witzelt er, bevor er mir die Zügel übergibt, doch in seinem Blick verbirgt sich noch immer eine solch tiefe Traurigkeit, dass es mir schwerfällt, sein Lächeln zu erwidern. Ob ihn dieser Ritt daran erinnert hat, wie schön es sein kann, wenn man abseits von Leistungsdruck und irgendwelchen Zielen mit Pferden zusammen ist? Meinem fragenden Blick weicht er aus und starrt stattdessen abwesend auf die tosenden Wellen, als könnten sie ihm verraten, wie es in seinem Leben von nun an weitergehen soll.

Da ich nicht weiß, was ich sagen soll, warten wir schweigend, bis Anne und Avalon zu uns gekommen sind und wir uns gemeinsam auf den Weg zurück zu dem Kur-Stall machen können.

Niemand verliert noch ein Wort. Es war ein kurzer Ausflug, doch in jedem von uns ist dabei etwas geschehen, was wir nicht wieder vergessen können.

Anne hat erkannt, dass Avalon die Geborgenheit einer wild lebenden Familie braucht, um gesund zu werden.

Nolan hat erleben dürfen, wie es sein kann, ein Pferd frei und ungezügelt zu reiten – und dass es weder Turnierplätze noch Zuschauer braucht, um zu spüren, welch herausragender Reiter er ist.

Und Saphir hat mir gezeigt, dass ihn die Freiheit, die ich ihm auf der White Wing Ranch geschenkt habe, zu einem einfühlsamen Heiler hat werden lassen.

Würde ich ihn nicht längst über alle Maßen lieben – spätestens jetzt hätte ich mein Herz und meine Seele für immer an ihn verschenkt.

Verweigerungshaltung

„Das ist ein Witz, oder?" Steffen ist aufrichtig fassungslos. „Ich soll dich nach Neumünster fahren, weil ein Pferd nicht pinkeln kann?"

Wenn man es so formuliert, hört es sich wirklich beknackt an. „Lady kann sonst nicht starten, und es ist nun mal ein wichtiges Turnier für Nolan, es geht um Weltranglistenpunkte …", sage ich schnell.

„Wieso muss sie pinkeln, um über Hindernisse zu springen?"

Das hatte Nolan mir auch erst erklären müssen, obwohl es mir einleuchtet. Ich würde mit voller Blase auch keinen Sport machen wollen – und schon gar nicht mit einem Gewicht auf dem Rücken, mit dem ich über Hindernisse springen soll, während mir im Mund herumgezerrt wird. Doch das eigentliche Problem ist, dass Lady nicht pinkeln kann. Wenn ich Nolan richtig verstanden habe, ist sie so angespannt, dass sie einhält und das schon seit gestern Abend. Ein Medikament darf er ihr nicht geben, da sie sonst unter die Doping-Richtlinien fallen könnte – und zu viel Entspannung könnte ihre Leistung mindern. Angeblich hat er selbst bereits alles versucht und sein Helfer Marek auch. Er wusste sich keinen anderen Rat, als mich anzurufen und zu bitten, zu ihm zu kommen und Lady anzusehen. Danach brach die Verbindung ab oder der Akku seines Handys war leer – ich weiß es nicht. Noch weniger weiß ich, ob ich irgendetwas an seiner Situation ändern kann. Ich habe Lady seit Monaten nicht gesehen und bis vorhin wusste ich nicht, dass das Pinkeln ein solches Problem sein kann.

„Roxy, ich habe dich was gefragt ...“

„Sie ist dann wohl fest im Rücken und nicht so geschmeidig wie sonst.“ Ich zucke mit den Schultern. „Keine Ahnung, ich bin keine Turnierreiterin, ich kenne mich mit so was auch nicht aus. Aber Nolan hat mich um Hilfe gebeten und er hat uns vor zwei Wochen auch geholfen, als Annes Vater ausgefallen ist.“

Genervt stöhnt Steffen auf und stiert mit zusammengezogenen Brauen in den erloschenen Kamin. Seine Augen wirken ebenso dunkel wie die Reste der verkohlten Holzscheite.

„Wir wollten zu Ikea fahren und neue Möbel aussuchen ... und nach einer Küche schauen.“

„Ja, ich weiß." Ich hatte es Steffen versprochen, nachdem ich ihn schon vergangenes Wochenende versetzt habe, weil endlich mal wieder trockenes Wetter gewesen war und Anne und ich mit Saphir im Wald spazieren gegangen sind. Sie vermisst Avalon, der sich an der Nordsee langsam von seinem Husten erholt. Doch wenn ich Nolan wirklich helfen will, müssen wir in der nächsten halben Stunde aufbrechen. Sonst schaffen wir es nicht mehr rechtzeitig nach Neumünster. „Aber die Küche wird noch eine Weile funktionieren und das Sofa tut auch noch seinen Dienst, also ... können wir das nicht verschieben?"

Schweigend mustert Steffen den schlafenden Moses, der sich breit über seine Füße gelegt hat und dem es völlig gleich zu sein scheint, wo wir hinfahren – Hauptsache, er kann zwischendurch seine Nickerchen machen. Steffens Gesichtsausdruck hingegen lässt ein ungutes Gefühl in mir aufsteigen – und ich merke, wie meine Gesichtszüge starr werden und mein Kiefer sich verhärtet.

„Du bereust es, oder?"

„Was?", knurrt Steffen abwesend, ohne mich anzuschauen.

„Das mit der Adoption und der Probezeit und mit mir hier ..."

„Was für ein Käse! Roxy ..." Seine Überraschung wirkt echt. „Wie kommst du nur auf solche Ideen?"

„Na, wegen so Sachen wie jetzt ... und weil ich dauernd Dinge mache, die vorher nicht abgesprochen waren, und zu viel im Stall bin ...“

„Aber das ist doch kein Grund, es zu bereuen! Gemeinsame Unternehmungen sind nun mal nicht ganz unwichtig, wenn man sich besser kennenlernen will. Hey, ich freu mich jeden Morgen, wenn ich aufwache, dass ich dich gleich wecken kann, obwohl das echt kein Vergnügen ist.“ Steffen grinst mich wissend an. „War es schon im Quellenhof nicht. Ich wusste, worauf ich mich einlasse, glaub mir.“

Ich wusste es nicht und es ist so anders, als ich es mir hätte vorstellen können. Manchmal fremdele ich morgens immer noch so stark, dass ich absichtlich zu viel Zeit im Bad vertrödle, um nicht mehr zusammen mit Steffen frühstücken zu müssen, bevor der Bus da ist, und es gab einige Abende, da habe ich mich wie in alten Zeiten in meinem Zimmer verbarrikadiert und bin erst wieder durchs Haus gegangen, als ich wusste, dass Steffen schläft. Aber auch ich freue mich darüber, dass er hier ist – auf eine stille, schüchterne Art und Weise. Vorgestern haben wir sogar abends zusammen eine Folge Lucifer geschaut und waren danach noch mit dem Hund draußen. Daran könnte ich mich gewöhnen – an die gemeinsamen abendlichen Gassi-Runden mit Moses.

Am liebsten mag ich es aber, wenn Steffen Schreibtischarbeit vom Quellenhof mit nach Hause bringt und in der Küche leise vor sich hinflucht, während er sich durch seine Unterlagen und Mails wühlt. So etwas scheint ihm ebenso wenig zu liegen wie mir, auch wenn er es viel besser kann als ich. In diesen Stunden sitze ich gerne nebenan im Wohnzimmer und durchforste Netflix nach Dokus, die ich noch nicht kenne, oder wärme mir vor dem Kamin meine von der Stallarbeit durchgefrorenen Knochen auf. Steffen ist zwar beschäftigt, aber wir sind zusammen, in zwei miteinander verbundenen Räumen und in Hör- und Sichtweite. Ja, das mag ich. Und darauf möchte ich in Zukunft auch nicht mehr verzichten.

„Können nicht wir nicht die Fahrt nach Neumünster als eine gemeinsame Unternehmung betrachten?", starte ich dennoch einen neuen Versuch, ihn dazu zu bringen, für mich den Chauffeur zu spielen. „Von Ikea bist du doch sowieso immer total genervt. Das können wir auch ein anderes Mal machen, wenn ich Ferien habe und wir unter der Woche hinfahren können, ohne den ganzen Samstags-Wahnsinn. Wir kriegen auch beide Gratis-Tickets für die Springprüfungen. Können uns alles ansehen, ohne etwas zu bezahlen."

Ich weiß selbst, dass das ziemlich schwache Argumente sind. Steffen interessiert sich einen feuchten

Kehricht für Reitsportturniere, und wenn ich ehrlich bin, habe ich selbst nicht das geringste Bedürfnis, mir das Springen anzusehen. Mir war schon früher nie wohl dabei, wenn ich mir Turniere dieses Formats im Fernsehen angeguckt habe. Die Pferde haben auf mich fast immer gestresst gewirkt und ich konnte kaum ruhig atmen, wenn sie unter der Einwirkung der Reiterhand ihre Mäuler aufsperrten und manchmal sogar angstvoll die Augen verdrehten, je näher sie den Hindernissen kamen.

Nein, mir ist nicht danach, mich zwischen die anderen Zuschauer zu setzen und mit ihnen zusammen Beifall zu klatschen. Aber ich möchte Nolan helfen, auch wenn er sich in den vergangenen Tagen wieder kaum bei mir gemeldet hat und mir sein furioser Galopp am Strand vorkommt wie ein Film, den ich irgendwann einmal gesehen habe und von dem ich kurz dachte, er sei echt.

„Bitte, Steffen. Es ist doch nur ein einziger Tag und wir verbringen ihn immerhin zusammen. Das ist doch genau das, was du wolltest, oder?“

Mit einem resignierten Brummen zieht Steffen seine Füße unter Moses’ Bauch hervor. „Na gut, du hast mal wieder gewonnen, Roxy. Dann fahren wir eben zusammen nach Neumünster und versuchen, dieses störrische Pferd zum Pinkeln zu bringen. Aber ich mache das nur, weil ich weiß, dass du sonst sowieso den ganzen Tag lang mit deinen Gedanken dort wärst. Und nicht, weil ich es gut finde, dass Nolan dich abkommandiert, als wärst du immer noch seine Stallhilfe."

„Na ja, genau genommen bin ich das ja nach wie vor", entgegne ich schulterzuckend. „Nur eben für ein anderes Pferd von ihm. Aber er ist immer noch mein Arbeitgeber. Also sollte ich ihn nicht hängen lassen. Ohne ihn könnte ich außerdem keine Sekunde mit Saphir verbringen ... "

Steffen murmelt abschätzig etwas in sich hinein, was ich nicht verstehe und auch gar nicht verstehen will, und beginnt, nach seinem Autoschlüssel zu suchen und sich den Rest des Kaffees in einen Thermobecher zu gießen. Wirklich gut fühle ich mich nicht dabei, ihn zu diesem Trip überredet zu haben, doch die Alternative wäre gewesen, Nolans Angebot, mir auf seine Kosten ein Taxi zu bestellen, anzunehmen und alleine nach Neumünster zu fahren.

Zwar ist es auch nicht besonders lustig, neben einem schlecht gelaunten Steffen im Auto zu sitzen und sich seine Flucherei über die anderen Fahrer anhören zu müssen, doch nach der ersten halben Stunde hellt sich seine Stimmung ein wenig auf und wir wechseln sogar ab und zu ein paar Worte miteinander, bis er schließlich freimütig anfängt zu erzählen, wie es Clemens und

Larissa inzwischen geht und was es Neues aus der Quellenhof-WG gibt. Es ist schön, etwas zu haben, das wir beide kennen und über das wir unbefangen sprechen können, und ich freue mich aufrichtig, dass Clemens die Kurve bekommen hat und auf dem Weg der Besserung ist.

Endlich ist unsere gemeinsame Fahrt entspannter geworden. Trotzdem will ich Steffen am liebsten bitten, wieder umzukehren, als wir auf dem für Reiter und deren Helfer reservierten Parkplatz vor den Holstenhallen angekommen sind und ich dem uniformierten Wächter erklären muss, dass ich für Nolan Hilbert und seine Pferde hergebeten wurde und so schnell wie möglich in die Stallungen kommen soll. Natürlich glaubt er mir erst einmal kein Wort, was wiederum Steffen derart auf die Palme bringt, dass die beiden sich beinahe gegenseitig an den Kragen gehen, und einen Moment lang bin ich fest davon überzeugt, dass ich es nicht schaffen werde, auch nur einen Fuß in die riesige Halle zu setzen.

Doch nachdem Steffen ihm ordentlich Druck macht, lässt er sich endlich zur Turnierleitung durchstellen und bekommt nach einigem Hin und Her tatsächlich die Bestätigung, das wir bereits von Nolan erwartet werden und jemand auf den Parkplatz kommen wird, um uns abzuholen.

Es dauert trotzdem weitere zehn Minuten, in denen Steffen und ich frierend neben dem Wächterhäuschen stehen, bis eine junge Frau, die von Kopf bis Fuß in sündhaft teuer wirkende Outdoor-Klamotten gewandet ist, aus dem Seiteneingang tritt, sich suchend umschaut und uns nach einem prüfenden Blick zu sich winkt. Nolan muss mich ihr recht exakt beschrieben haben. Sie hängt mir und Steffen einen VIP-Ausweis um den Hals und führt uns durch schwach beleuchtete Gänge zu den Boxen, in denen die Turnierpferde zurechtgemacht werden und auf ihren Einsatz warten.

Der Geruch in diesem Bereich der Hallen erinnert mich an den Kastanien-Hof und sofort spannen sich die Muskeln in meinem Rücken an, als würden mir auch hier unweigerlich jene unangenehmen Erfahrungen bevorstehen, mit denen ich dort immer und immer wieder konfrontiert wurde. Auch komme ich mir hier ähnlich fremd vor. Man sieht Steffen und mir von Weitem an, dass wir mit dem Turniersport dieser Kragenweite nichts zu tun haben, und uns streift so mancher neugierige bis zweifelnde Blick inklusive leiser Verachtung.

„Letzte Box, linke Reihe", weist uns die Frau den Weg zu Nolan und Lady, offensichtlich froh, ihren Dienst erfüllt zu haben. „Bitte keine fremden Pferde anfassen, die brauchen jetzt ihre Ruhe."

Steffen verzieht nur das Gesicht, und ich muss mich zwingen, sie zu fragen, welche Ruhe sie denn bitte meint. Denn hier herrscht nirgendwo Ruhe. Überall wuseln Reiter, Helfer und Turnier-Mitarbeiter herum, man hört Handys klingeln und die Durchsagen aus der Halle dröhnen durch die dünnen Wände. Dazu werden lautstark Schubkarren mit frischem Heu oder Mist durch die Gänge geschoben und irgendwo läuft sogar ein Radio. Ich bin froh, als wir das Ende dieses langen Ganges erreicht haben und ich Nolan entdecke, der telefonierend an der Boxentür lehnt und sofort das Gespräch beendet, als er uns bemerkt.

„Du bist da, Gott sei Dank, ich habe dir gerade noch mal auf die Mailbox gesprochen, weil ich nicht wusste, ob Nadine euch findet." Mein Handy habe ich im Auto gelassen, und jetzt erst wird mir bewusst, dass ich ganz vergessen hatte, Nolan von unterwegs Bescheid zu geben, dass wir rechtzeitig da sein werden. „Lady hat immer noch kein Wasser gelassen und ich muss in einer Stunde spätestens in die Warmreitehalle. Wir haben schon alles probiert. Marek hat sie eben auch noch mal spazieren geführt und zwischendurch sah es fast so aus, als wäre sie so weit, aber sie hält immer noch ein. Außerdem..." Nolan, der müde und angestrengt wirkt, lächelt mich schief an. „Ach, mach dir am besten selbst ein Bild."

„Mich brauchst du jetzt ja erst mal nicht mehr, oder?“, fragt Steffen gezwungen höflich. Es ist nicht zu übersehen, dass er sich in dieser merkwürdig betriebsamen Reiterwelt, in der jeder sich wichtig vorkommt und ein Gesicht macht, als sei er für die Rettung der Menschheit verantwortlich, alles andere als wohlfühlt. „Ich hab ein Loch im Bauch und beim Reingehen einen Stand mit Bratwurst und Pommes gesehen. Wenn das okay ist, esse ich da was und warte draußen auf dich.“ Nolan und ich warten noch ein paar Sekunden, bis Steffen außer Hörweite ist und ein junger Mann mit Sattelwagen an uns vorbeigezogen ist. Erst dann schiebt Nolan die Boxentür auf und lässt mich zu Lady gehen. Sie ist bereits turnierfertig, mit zu glänzenden Knoten gedrehter Mähne, Gamaschen an den Fesseln und staubfreiem, rotbraun schimmerndem Fell, doch mein erster Eindruck ist, dass sie es hasst, zwischen all den anderen Pferden zu stehen und auf das Turnier zu warten.

Vor allem aber will sie Nolan nicht bei sich haben. Sobald er hinter mir in die Box kommt, legt sie ihre Ohren an und schiebt ihren Hintern in einer abweisenden und sogar leicht drohenden Geste in seine Richtung. Seufzend bleibt Nolan am Boxeneingang stehen, als habe er innerlich längst aufgegeben, etwas an dieser Situation ändern zu können.

Ich hingegen kann kaum glauben, was ich gerade beobachtet habe. Noch nie habe ich ein derartig zickiges Verhalten bei Lady erlebt, weder Nolan noch mir noch einem anderen Menschen gegenüber. Selbst Steffen hätte ich ihr blind anvertraut. Würde ich sie nicht so gut kennen, würde ich glauben, zum falschen Pferd geführt worden zu sein. An Nolans Stelle hätte ich Angst, mich ihr zu nähern. Geschweige denn, sie zu reiten.

„Es wird von Tag zu Tag extremer", sagt Nolan traurig. „Sie beißt nicht und versucht auch nicht, mich zu treten, aber sie macht ständig Drohgebärden, wenn ich in ihre Nähe komme. Deshalb habe ich sie heute von meinen Helfern putzen und herrichten lassen. Versuch du doch bitte, an sie ranzukommen, eigentlich müsste sie dich längst erkannt haben."

Ich bin mir sicher, dass sie das hat, auch wenn ich noch keinen Ton gesagt habe, und ich spüre, dass ihre Aggression Nolan gilt und nicht mir. Trotzdem bewege ich mich bewusst langsam und vorsichtig in ihre Richtung, ohne sie direkt anzuschauen, und bleibe dabei hoch konzentriert; mir entgeht keine ihre Regungen. Ich werde den Verdacht nicht los, dass sie weiß, weshalb ich hier bin, dass ich nicht gekommen bin, um Zeit mit ihr zu verbringen, sondern um ein fixes Ziel zu erreichen, obwohl ich noch immer keine Ahnung habe, wie das funktionieren soll.

Noch habe ich nicht versucht, sie zu berühren, und ich hätte auch kein gutes Gefühl dabei, solange Nolan in der Nähe ist. Ich sollte besser mit ihr alleine sein. Irgendwie muss es mir gelingen, diese ganze Hektik um uns herum und den Turnierlärm auszusperren und ihr in aller Ruhe begegnen zu können, ohne dass uns jemand dabei zuschaut oder gar ungeduldig darauf wartet, dass ein Wunder geschieht. Zögernd drehe ich mich zu Nolan um.

„Wäre es okay, wenn ... wenn du ..."

„Kein Thema", unterbricht er mich harsch, und sein Mund ist nur noch ein Strich in seinem blassen Gesicht. „Ich muss mich sowieso fürs Turnier umziehen, bevor ich sie sattele – falls du das nicht tun möchtest, denn ..."

„Nein, möchte ich nicht." Auch mein Ton ist härter geworden. Früher einmal war es mein Job, Lady zu trensen und zu satteln, doch heute würde ich das nicht über mich bringen. Das soll Nolan schon selbst machen – oder einer seiner Helfer und Helferinnen.

„Okay. Ich bin spätestens in einer halben Stunde wieder zurück. Falls du mich brauchst, ich bin auf dem Caravan-Parkplatz in unserem Transporter. Hilbert Sportpferde, ist nicht zu verfehlen."

„Nein, wahrscheinlich nicht", flüstere ich, nachdem Nolan mit klappernden Stiefelsohlen verschwunden ist, und bleibe eine kleine Weile stehen, bis mein Atem wieder ruhiger geworden ist. Selbst für mich, die nur Gast ist und nachher kein Turnier bestreiten muss, ist es schwierig, sich in dieser getriebenen Atmosphäre zu entspannen. Obwohl die Holstenhallen von außen riesig auf mich gewirkt haben, kommt mir im Inneren alles zu klein und eng vor und die Decken zu niedrig, und obwohl sie den Rückzugsmöglichkeiten der Pferde und ihrem Frieden dienen sollen, stören mich die mannshohen Wände zwischen den Boxen, die jeglichen Sichtkontakt in die Nachbarbox behindern.

Andererseits machen sie es möglich, Lady und mir eine Art geschütztes Nest zu bilden, in dem wir uns begegnen können. Obwohl mich wieder etliche Blicke streifen, von rätselnd bis kopfschüttelnd, zerre ich sämtliche Pferdedecken, die ich in Nolans mobilem Spind finden kann, über das Torgitter und dichte es damit so weit ab, dass kein Mensch mehr zu Lady und mir in die Box schauen kann. Noch immer dringen die vielen störenden Geräusche zu uns durch, wenn auch etwas gedämpfter, doch zum ersten Mal, seitdem ich in Neumünster angekommen bin, fühle ich mich sicher und weicher – und das scheint auch Lady zu registrieren.

Mit ungewohnt scheuer Neugierde wendet sie ihren hübschen Kopf zu mir und atmet leise schnaubend, als würde sie mir sanft Hallo sagen, und ich entgegne ihren Gruß ebenfalls mit einem hörbaren Ausatmen, bevor ich mich in aller Ruhe zu ihr bewege und meinen Kopf so beuge, dass sie mein Gesicht beschnuppern und meinen Geruch aufnehmen kann.

Ich spüre keinerlei Aggression mehr in ihr, doch als ich meine Hand nach einer Weile sacht auf ihren Widerrist lege, erschrecke ich über die Anspannung in und unter ihrem Fell. Lady hatte sich immer kuschelig angefühlt, selbst wenn sie dem Training zuliebe in der Sattellage kurz geschoren wurde. Jetzt scheinen ihre Haare meine Haut zu piksen, und als ich meine Finger über ihre Wirbelsäule wandern lasse, kommt es mir vor, als würde ich gegen Widerstände gleiten. Nolan hat recht, der ganze Rücken ist fest, aber noch schlimmer fühlt sich ihr Bauch an. Gerade dort, wo ihre Haut zart und verletzlich ist, scheint sie sich über puren Beton zu spannen. Ich fürchte schon, sie irritiert zu haben, weil sie plötzlich mit der Hinterhand zwei Schritte in meine Richtung macht, und nehme sofort meine Hand weg, doch ihr Gesichtsausdruck wirkt immer noch freundlich und beinahe bittend.

„Was möchtest du, Lady, hm?“, frage ich sie kaum hörbar. Sosehr ich ihr auch vertraue, ich will nicht zwischen ihren auskeilenden Hufen und der Boxenwand eingeklemmt werden.

Wieder gibt sie ein leises, sehnsüchtig klingendes Schnauben von sich und macht noch einen Schritt in meine Richtung. Zwischen meinem Rücken und der Boxenwand befinden sich nun nur noch wenige Zentimeter und Lady versperrt mir jegliche Fluchtmöglichkeit. Doch es gelingt mir, meinen Puls durch tiefes Atmen wieder zu verlangsamen und ruhig zu bleiben. Alles andere hat jetzt sowieso keinen Sinn.

Weil ich nicht weiß, was ich sonst tun soll und sie offenbar etwas von mir möchte, beginne ich erneut, sie zu streicheln, nur mit der rechten Hand und ganz zart, und sofort drückt sie ihre linke Hinterbacke regelrecht gegen mich, achtet aber darauf, dass ihre Hufe meinen Füßen nicht zu nahe kommen. Was will sie nur – ob sie mir mit ihrer Geste etwas sagen möchte?

Ihre Lippen werden lang, als ich meine Hand Zentimeter um Zentimeter über ihre Flanke wandern lasse, und fangen an sich hin und her zu bewegen – sie genießt, was ich tue, und womöglich möchte sie, dass ich sie dort berühre, wo ich Saphir niemals anfassen könnte, ohne dass er erschrocken wegspringen würde – unterhalb ihres Oberschenkels, jene flaumige, fast haarlose Stelle, neben der bei trächtigen Stuten kurz vor der Geburt die Zitzen sichtbar werden …

Jetzt ist es, als ob wir uns gegenseitig stützen. Lady lehnt sich leicht gegen mich, aber ich darf mich auch gegen sie lehnen, und während ich sie vorsichtig an dieser verborgenen, verletzlichen Hautfalte streichle, beginnt sie mit den Nüstern an meinen Beinen entlangzugleiten, als wolle sie mich noch näher zu sich dirigieren, als wäre ich das Fohlen, das sie nähren möchte ...

Und auf einmal ist mir klar, was Lady fehlt: Ein Fohlen zu haben, den natürlichsten Lauf der Dinge zu erleben, der ihr aus für sie unverständlichen Gründen untersagt wird; von Menschen, die sie einsperren, sich auf ihren Rücken setzen und sie nötigen, immer wieder sinnlos über Hindernisse zu springen. Diese Freiheit fordert sie durch ihre Verweigerung jetzt vehement ein ...

„Huch", entfährt es mir, als Lady plötzlich ihr Gewicht verlagert und die Hinterbeine gespreizt nach hinten stellt, und weiche rasch nach hinten zurück, um mich abzuwenden und sie in Ruhe das tun zu lassen, worauf Nolan seit Stunden wartet – sie hat sich so weit entspannt, um pinkeln zu können, doch ihr Urin riecht scharf und streng und treibt mir fast die Tränen in die Augen. Er erinnert mich an jenen Angstgestank, den Saphir auf dem Kastanien-Hof verströmt hat, wenn die Hohensteins ihn wieder zum Training gezwungen haben.

„Das muss aufhören", wispere ich und beiße mir auf die Lippen, um nicht zu weinen. „Dieser ganze kranke Mist muss aufhören ..."

Für ein paar Sekunden lang hasse ich alles um mich herum, diese vielen Menschen, die glauben, etwas Besonderes zu sein, weil sie sich solch stolze, edle Tiere zu ihren Untergebenen machen und ihnen Dinge abverlangen, die sie in freier Natur niemals ohne Not tun würden, die abgeschirmten Boxen, die aufgeblasenen Veranstalter und Richter und das sensationsgierige Publikum, das glaubt, Zeuge einer großartigen Sache zu sein, in Wahrheit aber gequälten Tieren zusieht und sich daran freut und es nicht begreift ... Und Nolan ist Teil des ganzen Elends, er spielt seit Jahren mit und treibt es täglich an, mit allem, was er tut ...

In diesem Augenblick liebe ich die Pferde, nicht ihn, und beides scheint nicht mehr vereinbar zu sein, nie wieder; ausgerechnet jetzt, wo er die Pferdedecken zur Seite schiebt und hinter mir in die Box kommt.

„Oh Gott sei Dank, du hast es geschafft, sie hat gepinkelt, klasse, Roxy ...“

„Nichts ist klasse!“, fahre ich Nolan an und drehe mich mit glühenden Wangen zu ihm um. Ich bin so wütend, dass ich schreien könnte. „Sie will da nicht raus! Kein Pferd will das von sich aus, kapierst du das nicht?“

„Oh Roxy ...“ Stöhnend fährt Nolan sich durch sein gestriegeltes Haar. Überhaupt sieht er furchtbar aus in seinen Turnierklamotten, ich mag ihn so nicht. Er wirkt wie ein Soldat – und das ist er ja auch, begreife ich mit einem fiesen Gefühl im Bauch. „Bitte keine Wendy-Romantik jetzt, das kann ich echt nicht gebrauchen …"

„Wendy-Romantik?", zische ich und gehe einen Schritt auf ihn zu – fast komme ich mir ein wenig vor wie Lady, als sie ihm vorhin gedroht hat. „Ich rede hier nicht von Romantik, sondern von der Wahrheit. Dieses Pferd hat dich lange genug getragen, sie hat es verdient, frei zu sein und …"

„Lange?" Nolan lacht höhnisch auf. „Sie ist gerade mal sieben! Ihre Karriere fängt gerade erst richtig an …"

„Nein, nicht ihre – deine! Deine!" Jetzt bin ich so laut, dass man mich wahrscheinlich im gesamten Gang hören kann – doch mein Dienst ist getan, von mir aus können sie mich rausschmeißen. „*Deine* Karriere, auf ihrem Rücken und ihre Kosten! Mit sieben sollte sie ein Fohlen haben und nicht diesen ganzen Turnierzirkus mitmachen müssen! Denn das ist es, was sie will, sie hat es mir eben gesagt, sie möchte Mutter werden …"

„Schluss jetzt, Roxy, das wird echt peinlich." Nolan schiebt mich schnaubend beiseite und reißt die Decken vom Boxentor. Tatsächlich haben sich ein paar Schaulustige im Gang versammelt und glotzen ungehemmt zu uns herein. Lady hat längst wieder die Ohren angelegt und schlägt nervös mit dem Schweif. „Hör auf, mir hier eine Szene zu machen, das Fernsehteam ist schon da und will beim Warmreiten drehen, also bitte reiß dich zusammen! Das wird jetzt eh stressig, die Warmreitehalle ist eng und klein ..."

„Alles hier ist zu eng und klein, merkst du das nicht!? Lady will nicht da raus! Deshalb ist sie so verspannt ..."

„Es reicht." Nolan umfasst mein Handgelenk und schaut mir fast drohend ins Gesicht. „Ich bitte dich, Roxy, hör auf damit, du blamierst mich. Lady will kein Fohlen, sie hat das Springen im Blut, sie stammt von einer Linie erfolgreicher Sportpferde ab, sie kennt nichts anderes."

„Sie ist ein Pferd, Nolan. Du kannst das drehen und wenden, wie du willst, sie ist ein Pferd, und Pferde wollen sich fortpflanzen, in Freiheit, das ist nun mal ihre Natur und sie sehnt sich danach ... alle Pferde sehnen sich danach ..."

Ich spreche nun wieder so leise, dass nur er mich hören kann, und kurz blitzt in seinen Augen etwas auf, was mich vollkommen mürbe macht und in mir den Wunsch weckt, meine Arme um ihn zu legen und ihn um Verzeihung zu bitten für all das, was hier gerade passiert.

„Bitte starte nicht mit ihr, es wird sonst schlimmer und du könntest dich ernsthaft verletzen – oder sie verletzt sich ... bitte geh nicht mit ihr da raus."

„Ich muss, Roxy. Das ist mein Job, ich bin gemeldet und alle warten darauf, dass wir heute gewinnen."

„Alle? Wer alle? Und sind diese Menschen wirklich wichtig für dein Leben?"

Ich warte seine Antwort nicht ab, sondern schiebe mich an ihm vorbei aus der halb geöffneten Boxentür, dränge mich durch die gaffenden, tuschelnden Leute, renne den schmalen Gang hinab und durch die weiß gekalkten Katakomben bis nach draußen auf den Parkplatz, wo Steffen rauchend am Auto lehnt und verdrießlich in den grauen Himmel schaut.

Zum ersten Mal, seitdem wir uns kennen, stürze ich mich in seine Arme, als hätte ich es bereits unzählige Male getan, und presse meine Wange fest an seine Brust. Erstaunt lässt er die Zigarette fallen, drückt sie mit der Stiefelspitze aus und legt schützend seine Hände auf meinen Rücken.

„Bitte lass uns nach Hause fahren. Sofort ...", bitte ich ihn mit zitternder Stimme.

„Aber das Turnier hat doch noch gar nicht angefangen, Fledermaus."

„Ist mir egal. Soll er sich von mir aus den Hals brechen. Ich setze keinen Schritt mehr in diese Hallen."

Steffen erwidert nichts mehr. Er hält mich fest, während ich gegen meine Tränen kämpfe und immer wieder verliere, doch er macht auch keine Anstalten, das

Auto aufzuschließen und loszufahren, und als nach einigen Minuten der Wind auffrischt und ein kalter Nieselregen unsere Jacken und Haare zu benetzen beginnt, weiß ich, dass ich bleiben muss.

Ich verstehe nicht, wieso, denn ich habe getan, wozu Nolan mich hergebeten hat, und wir haben uns anschließend in die Haare bekommen – doch irgendwas ist da noch offen, ich muss wenigstens warten, bis das Turnier vorüber ist. Es ist nur ein Bauchgefühl, wie damals in der Nacht, als Saphir sterben sollte. Ich kann es nicht begründen. Doch Steffen scheint es ebenso zu spüren wie ich.

„Ich kann den Kerl nicht leiden, aber er ist dein Freund, Roxy, auch wenn ihr euch gezofft habt. Das habt ihr, oder?"

Ich nicke nur schniefend und suche in meinen Jackentaschen nach einem Tempo.

„Ich hab früher mal Siebenkampf gemacht, leistungsmäßig, und ich war jedesmal eine echte Kackbratze, wenn es losging. Ich kenn solche Situationen. Der hat Stress. Muss doch wieder allen beweisen, wie gut er ist, oder?"

Erneut nicke ich, bevor ich mich lautstark schnäuze. Wenn ich noch weiter hier im Regen herumstehe, bekomme ich einen Rückfall.

„Also. Ich wollte trotzdem immer, dass meine Freundin dabei ist und Beifall klatscht. Hau jetzt nicht ab. Wir gucken uns das zusammen an, ja?“

Ich bin zu müde, um Steffen zu erklären, wie weh es mir tun wird, das anzuschauen. Aber ich verstehe auch, was er mir sagen will. Wenn ich jetzt fahre, zeige ich Nolan nicht nur die kalte Schulter, sondern sorge für eine Kluft zwischen uns, die vielleicht unüberbrückbar wird. Außerdem ist da immer noch dieses drängende, unmissverständliche Bauchgefühl, das mich zum Bleiben auffordert. Ich fürchte mich schon jetzt vor dem, was ich sehen werde. Und ich glaube zu wissen, dass es alles Bisherige verändern wird – wie ein schweres Unwetter, das über eine ungeschützte Ebene zieht und mit sich reißt, was nicht fest in der Erde verwurzelt ist. Aufhalten kann ich es nicht. Doch ich kann dem Sturm wenigstens ins Auge schauen.

Schaudernd stülpe ich die Kapuze über mein feuchtes Haar und löse mich von Steffen.

„In Ordnung. Gehen wir rein.“

ABSPRUNG

„Jetzt ..." Steffen rempelt mich sanft in die Seite. „Gerade kam die Durchsage. Dein Nolan ist der nächste Starter. Du wirst es bereuen, wenn du nicht in die Arena gehst, glaub mir."

Arena – Steffen weiß gar nicht, wie recht er mit diesem Wort hat. Als wir vorhin nach einem schnellen Imbiss unsere VIP-Pässe vorgezeigt haben und uns einen Platz in den vorderen Rängen suchen durften, war ich entsetzt darüber gewesen, wie nah die Zuschauer den Pferden sind. Nolan hatte mich heute früh am Telefon zwar genau damit locken wollen, doch ich dachte, er übertreibt. Nein, hat er nicht. Auch empfinde ich das Turnier-Oval als zu klein, gespickt mit Hindernissen, neben denen Helfer und Aufpasser stehen. Die Banden sind übersät mit greller Werbung und über den Köpfen der Pferde hängen riesige Bildschirme für die Live-Übertragung, dazu laut aufgedrehte Musik von allen Seiten.

Wäre ich ein Pferd, würde ich durchdrehen, und als Steffen und ich vorhin von unserem Platz aus auf jenes Tor blickten, vor dem die Reiter auf ihren Einlass warten, bevor sie an der Reihe sind, wusste ich, dass das nicht übertrieben ist. Der erste Starter hatte alle Mühe, sein Tier im Zaum zu halten, es scheute nach rechts und links und ging immer wieder mit aufgerissenen Augen rückwärts. Nur mit harter Hand und unter ständigem Regulieren konnte er es im Zaum halten.

Schon da lag die Currywurst samt den übersalzenen Pommes so schwer in meinem Magen, dass ich aufstehen und gehen wollte, doch ich schaffte es noch mit zusammengebissenen Zähnen und geballten Fäusten, seinen Ritt anzusehen, wobei meine Augen jede Regung des Pferdes verfolgten, als hinge mein Leben davon ab. Während des gesamten Rittes sperrte der junge Wallach immer wieder das Maul auf und ich sah das Weiße in seinen Augen aufleuchten, was mich so stark an die ersten Wochen mit Saphir erinnerte, dass ich Steffen aus der Halle zog, bevor der zweite Reiter gestartet war.

In einem kahlen Nebenbereich starrten wir schweigend auf einen Übertragungsmonitor, bis Nolan ausgerufen wurde. Mit jedem weiteren Ritt wuchs mein Widerwillen, noch einmal in die Halle zu gehen, doch mein Bauchgefühl ist übermächtig geworden.

„Okay." Ein Würgen kriecht meine Kehle hinauf, doch ich zwinge es tapfer hinunter. „Dann bis gleich."

Ich frage Steffen gar nicht erst, ob er mitkommt, er hat sich gerade einen Kaffee geholt und ich weiß, dass er nur darauf wartet, eine rauchen zu können. Mit den Händen in den Jackentaschen betrete ich den Gang und sehe von hinten Nolan und Lady vor dem Hallentor stehen, rechts und links gesäumt von Helfern und einem älteren Mann, der unentwegt auf Nolan einredet – wahrscheinlich sein Trainer.

Seinen Vater und die Hohensteins habe ich vorhin schon in der Halle gesehen, sie saßen uns gegenüber auf der anderen Seite des Ovals in den vordersten Rängen und würdigten Steffen und mich keines Blickes. Ich weiß nicht einmal, ob sie mich wiedererkannt haben. Auch Nolan registriert mich nicht, er ist vollauf damit beschäftigt, Lady zu zügeln. Sie hat den Schweif leicht aufgestellt und tänzelt unruhig auf der Stelle, wobei sie regelmäßig den Kopf wirft, als versuche sie sich von der Trense zu befreien. Auch dieses Verhalten habe ich bei ihr zuvor nie beobachtet. Weißer Schaum tropft aus ihrem Maul zu Boden, auch an ihren Hinterbacken haften weiße Flocken, als habe Nolan sie bereits bis zur Erschöpfung trainiert. Früher war Lady nur selten ins Schwitzen geraten, selbst bei hohen Temperaturen war ihr Fell außerhalb der Sattellage fast immer trocken geblieben. Ich weiß gar nicht, wie Nolan sie noch fühlen kann in seiner Montur – mit dieser steifen Turnierjacke und der eng sitzenden Hose, den hohen Stiefeln und den Handschuhen, doch er hält sie routiniert im Zaum und lauscht aufmerksam den Anweisungen seines Trainers.

„... und jetzt“, dröhnt es aus den Lautsprechern, „die große neue deutsche Olympia-Hoffnung aus Warendorf, der jüngste unter den Sportsoldaten und von seinen Fans freudig erwartet: Nolan Hilbert auf Lady, der siebenjährigen Holsteiner Stute edelster Abstammung, die uns bisher nie enttäuscht hat – wir sind gespannt, was unser Favorit uns bei diesem hochkarätigen Springen zu bieten hat und ob er erneut in der Weltrangliste einen Platz gut machen kann. Herzlich willkommen in den Holstenhallen, Nolan Hilbert auf Lady!“

Das Tor öffnet sich bei krachendem Applaus und begeisterten Pfiffen und Lady scheut so heftig, dass zwei Helfer zur Seite springen müssen, um sich in Sicherheit zu bringen, doch Nolan fängt sie mit einer harten Bewegung ab und dirigiert sie mit eng angelegten Schenkeln und straffem Zügeln in das Turnier-Oval.

Mir ist inzwischen so übel, dass ich nur noch flach atmen kann. Trotzdem strecke ich dem Hallenaufseher neben der Tribüne erneut meinen Ausweis entgegen, um mich in den Gang zwischen die Reihen stellen zu können – mich zu setzen, lohnt sich für diesen einen Ritt nicht, und ich will auch nicht zu nah an der Bande sein, weshalb ich mich rückwärts die Stufen hoch bewege und erst stehen bleibe, als ich einen guten Überblick gewonnen und die Hoffnung habe, nicht zu detailliert zu sehen und zu spüren, was ich nicht sehen und spüren will.

Doch es ist wie vorhin – kaum läuft die Zeit, ist da wieder dieses schmerzende, stumme Schluchzen in meiner Kehle, das sich anfühlt wie ein fremder Schmerz, der endlich gesehen werden möchte.

Das erste Hindernis nimmt Lady noch mit Bravour, auch wenn sie kurz den Kopf zur Seite reißt und Nolan sie einfangen muss, doch schon vor dem zweiten wird ihr Galopp unregelmäßig und Nolan drückt ihr tief die Sporen in ihr dünnes, weiches Fell, um sie in der Spur zu halten. Auch dieses Hindernis reißt sie nicht. Kurz vor dem Absprung fügt sie sich und zieht die Vorderläufe eng unter den Bauch, um darüber zu fliegen. Die Zuschauer klatschen und johlen, doch jetzt reißt auch sie Augen und Maul auf und Nolans Reaktion gleicht denen des ersten Reiters – er nimmt die Zügel noch stärker an und klatscht ihr kurz die Gerte auf die Schulter.

Ich will das alles nicht sehen. Es macht ihn mir fremd und vor allem tut es mir weh – so weh, dass ich kaum mehr aufrecht stehen kann. Unwillkürlich gehe ich wieder ein paar Stufen hinunter, der Bande entgegen, und als habe Nolan meine Bewegung wahrgenommen, hebt er den Kopf und schaut in meine Richtung.

Plötzlich läuft unser Leben in Zeitlupe ab. Unsere Blicke treffen sich. Nolans Pupillen versenken sich in meine, ich schaue in die angstvoll verdrehten Augen von Lady und sie taucht in meine ein – und etwas dreht sich, als würde ein Zahnrad aus einem perfekt funktionierenden System gerissen werden und es damit für immer aus dem Takt geraten.

Der Zeitlupen-Moment ist so schnell vorüber, wie er gekommen ist, das Springen läuft weiter und Nolans Blick ist wieder konzentriert nach vorne gerichtet, auf das nächste Hindernis, doch Lady beginnt plötzlich zu rebellieren – und dieses Mal wird sie nicht klein beigeben und nur mit roher Gewalt zu regulieren sein.

Erneut schlägt sie den Kopf nach links und rechts und versucht auszuweichen. Kurz vor dem Hindernis verweigert sie abrupt, sodass Nolan brutal aus der Balance gerissen wird. Ein angespanntes Raunen geht durch die Menge und die Hohensteins stehen auf, um besser sehen zu können, was geschieht, doch Nolan, der schon fast über dem Hals der Stute hing, bringt sich wieder in den Sattel und wendet sie ab, um sie einen Zirkel laufen zu lassen und das Hindernis erneut anzuvisieren. Gewinnen kann er das Springen nun wohl nicht mehr, doch darum geht es hier nicht – er muss zeigen, dass er die Hoffnungen, die auf ihm lasten, verdient hat und nicht aufgibt.

Mit einem Klatschen der Gerte und einem entschiedenen Schenkeldruck treibt er Lady wieder in den Galopp, direkt auf das Hindernis zu, doch ich sehe bereits jetzt, dass es nicht glücken wird, sie wird erneut verweigern, Nolan hat keine Chance und ich will nicht dabei zuschauen, wie er stürzt und sich verletzt, denn das wird passieren, wenn er ...

„Setz dich durch, Nolan!“, höre ich seinen Vater rufen. „Los, Junge, du packst das, zeig ihr, wo es langgeht!“

„Nein“, flüstere ich weinend. „Nein!“ – und im gleichen Augenblick lässt Nolan die Zügel los und lässt sich von der scheuenden Lady gleiten, um ihre Trense zu packen, die Verschlüsse zu lösen und sie ihr vom Kopf zu ziehen.

Die Stute ist frei – und geschockte Stille breitet sich in der Halle aus. Sämtliche Augen sind auf Nolan und sein Pferd gerichtet; niemand versteht, was gerade geschehen ist. Es ist fast wie damals, als Saphir vor der Bank gescheut hat und ich ihn von Halfter und Hengstkette erlöst habe, weil ich keine Kraft mehr hatte, ihn auch nur eine Minute länger festzuhalten. Er blieb wie eingefroren stehen, bevor er begriff, dass er frei war, und dann rannte er fort, als wollte er nie wiederkommen. Auch Lady hat diesen Moment. Fast ungelenk steht sie neben dem Hindernis, blickt schwer atmend auf Nolan hinunter, der seinen Kopf vor ihr neigt, als wage er es nicht, sie anzusehen, und die Trense zur Seite wirft. Lady stampft eindrucksvoll schnaubend ihren linken Vorderhuf in den Sand, bevor sie sich abwendet und wie entfesselt durch die Halle galoppiert. Sie überspringt kein einziges Hindernis, wie zum Beweis, dass sie es immer nur unter Zwang getan hat. Doch sie ist so schnell und geschickt, dass es keinem Helfer gelingt, sie zu bremsen oder gar zu packen, denn ihr Kopf ist frei. Kein Gebiss mehr, kein Nasenriemen mehr, keine Zügel mehr. Und ihre Mähne ist zu kleinen Knoten aufgerollt.

Die wird niemand so schnell einfangen.

Längst haben sich die Kameras auf Nolan gerichtet, der neben dem Hindernis auf die Knie gesunken ist und vergeblich versucht, wieder aufzustehen. Einen Herzschlag lang bin ich hin- und hergerissen, wem meine Hilfe gelten soll – Lady oder ihm. Doch als der erste Reporter sich mit dem Mikro in der Hand über die Bande schiebt und in dem allgemeinen Chaos nicht aufgehalten wird, steht meine Entscheidung fest. Blitzschnell nehme ich die letzten Stufen nach unten, klettere über die Bande und laufe zu Nolan, um mich schützend vor ihn zu stellen, bevor der Reporter ihm zu nahe kommen kann. Doch es sind ihm bereits andere gefolgt, samt Kameras und gezückten Handys, während Lady immer noch im vollen Galopp durch die Halle prescht und sich nicht stoppen lässt.

Jetzt erst merke ich, dass Nolan weint. Sein ganzer Körper wird von seinen Schluchzern geschüttelt, obwohl ich keinen Laut von ihm höre – er bricht gerade vor den Augen seines Fanpublikums, seines Vaters und der Hohensteins zusammen und alles wird aufgezeichnet, samt mir, wie ich bei ihm stehe und versuche, ihn vor all den Blicken abzuschirmen.

„Holen Sie dieses Mädchen da weg!", höre ich seinen Vater erbost brüllen. „Security! Und kann endlich mal jemand das Pferd einfangen!?"

Ich könnte es, aber mein Platz ist bei Nolan – so lange, bis die Sicherheitsleute mich von ihm wegziehen und Sanitäter ihn auf eine Bahre hieven, als sei er gestürzt und habe sich verletzt, um ihn aus der Halle zu tragen.

Ich kann ihm nichts mehr sagen, und obwohl Steffen schimpfend und wild gestikulierend hinter den Sicherheitsleuten herrennt, lassen sie mich erst wieder los, als wir draußen auf dem Parkplatz angelangt sind und der Regen kalt auf uns herabströmt.

„Hausverbot", knurrt der bullige Kerl, der mich an den Beinen gepackt hatte. „Lebenslang."

„Kein Problem“, erwidere ich frostig. „Ich hatte nicht vor, wiederzukommen.“

Die beiden Typen werfen uns noch einen drohenden Blick zu, drehen sich um und marschieren in die Halle zurück, in der Lady wahrscheinlich immer noch ihre Runden dreht. Ohne ein Wort öffnet Steffen den Wagen und schiebt mich hinein, knallt die Beifahrertür zu, dreht eine zornige Runde um das Auto, um sich dann auf den Fahrersitz zu werfen.

„Okay, ich weiß, ich mache immer nur Ärger, egal, wo ich bin, und es …“

„Nein, Roxy.“ Seine Stimme klingt so liebevoll, dass ich erstaunt verstumme. Er ist nicht sauer auf mich? „Nein, ich hab alles beobachtet, vom Monitor aus, und dieses Pferd, das … das wollte nicht. Und als es dich gesehen hat, da … Shit.“ Steffen atmet tief durch und dehnt seinen Nacken, bis er dumpf knackt. „Ich glaub eigentlich nicht an so was, aber – da war ein Moment, in dem das Pferd dich direkt angeschaut hat und … den Mut gefunden hat, zu rebellieren. Na ja, wenn sich einer mit Rebellion auskennt, dann ja wohl du.“ Steffen schenkt mir ein bezeichnendes Grinsen, doch seine Stimme bleibt weich, als er weiterspricht. „Keine Ahnung, was da zwischen dir und den Pferden läuft. Ich weiß nur, dass es etwas Besonderes ist und ich – na ja, ich bin stolz auf dich. Auch, weil du diesen Hänfling …“

„Nolan“, verbessere ich ihn mit milder Strenge.

„Ja, Nolan. Du hast ihn beschützt.“

„Ich fürchte, das mögen Männer nicht so.“ Jetzt erst wird mir bewusst, was ich da eigentlich getan habe. Sonst war Nolan immer der Starke von uns beiden. Auch wenn er sensibler ist als viele andere Männer – diese Situation ist neu. Ich habe mich vor ihn gestellt. Jetzt werden mich Hilbert senior und die Hohensteins noch mehr hassen als ohnehin schon, aber – ich hätte ihn in diesem Moment niemals alleine lassen können. Denn ohne mich, das weiß ich auch, wäre das alles nie passiert.

„Na, er wird es schon verkraften. Gab es da nicht mal diesen Torero, der plötzlich mitten im Kampf aufgegeben und den Stier freigelassen hat?“

„War leider ein Fake“, gebe ich müde zurück. Ich hatte diese Nachricht auch verfolgt, aber sie war wohl eine dieser Möchtegern-Sensationsgeschichten gewesen, die am Ende nicht wahr sind, obwohl man es sich so sehr wünscht.

„Jedenfalls hat es mich daran erinnert. Dieser Nolan ist tougher, als ich dachte. Für so was braucht es Mut. Das wird einen ordentlichen Skandal geben.“ Steffen kratzt sich gähnend hinterm Ohr. „Fahren wir heim, Fledermaus?“

„Aber so was von. Ich hab hier nichts mehr verloren.“

Die ganze Heimfahrt über verfolgt mich der Anblick von Nolan, der versucht, wieder aufzustehen, und es nicht konnte ... Wenn ich nur wüsste, wie es ihm jetzt geht – ob er bereut, was er getan hat, oder ob es ein Auslöser war für eine Wende in seinem Leben, die alles verändern kann.

Wieder einmal hat mein Bauchgefühl recht behalten. Ich hatte geahnt, dass heute etwas Umwälzendes passieren wird – und zum Glück haben weder Nolan noch Lady sich dabei verletzt. Doch eine leise Angst bleibt die ganze Nacht und bohrt sich dumpf in meinen Magen, flüstert mir zischend ins Ohr, dass ich an diesem Tag alles zerstört habe, was Nolan und mich jemals miteinander verbunden hat. Erst gegen Morgen verstummt sie und ich sehe Ladys erstes Fohlen über eine sattgrüne Sommerwiese tollen. Ihre Mähne ist lang und wellig geworden und ihr Bauch immer noch rund, und ihre Augen strahlen mit denen ihres Fohlens um die Wette.

Sie sieht so glücklich aus.

Doch als ich zu ihr laufen will, weht der Wind sie und ihr Fohlen davon, bis beide nur blasse Wolken sind, die sich nach und nach in der Glut der Sonne auflösen.

Ich kann nichts dagegen tun.

SPIEGELBILDER

„Was ist denn …“, murmele ich verschlafen.

Ich will nicht wach sein. Doch mein Handy hat schon zum dritten Mal geklingelt und vielleicht ist es jemand aus dem Stall.

„Endlich gehst du ran …!“ Anne. Oh je – Anne, eigentlich hatte ich ihr versprochen, ihr nach unserer Rückkehr gestern Abend noch von dem Turnier zu berichten …

„Sorry, wir sind erst so spät heimgekommen, da hab ich's vergessen …“

„Ist nicht wichtig. Du bist gerade im Fernsehen! Mach schnell, Roxy, schalte mal den NDR an …“

Jetzt bin ich hellwach. In zweifelhaftem Schlafdress springe ich aus dem Bett, jage die Treppe herunter und stürze ins Wohnzimmer, um mir die Fernbedienung zu schnappen und wild durch die Kanäle zu zappen, bis ich den richtigen gefunden habe. Doch der Nachrichtensprecher ist bereits beim Wetter angelangt.

„Shit …“, fluche ich leise und nehme das Handy wieder ans Ohr. „Hab es verpasst. Was war denn zu sehen?“

„Na, du, wie du über die Bande geklettert und zu Nolan gelaufen bist und ihn in den Arm genommen hast!“

„Ich hab ihn nur vor den Reportern abgeschirmt.“

„Sah aber anders aus. Ziemlich romantisch, um ehrlich zu sein.“ Annes Grinsen ist durchs Telefon zu spüren. „Nein, im Ernst, das war ja voll heftig, was da abgegangen ist … das totale Chaos …“

„Allerdings. Und was haben sie sonst noch gezeigt?“

„Nolan. Nolan, der mitten im Turnier von Lady steigt und dann fast umkippt … Was war los mit ihm, wieso hat er das getan? War er krank?“

Gähnend fahre ich mir durch die verwuschelten Haare. „Ich weiß es auch nicht genau. Ob er in dem Moment kapiert hat, was er da eigentlich mit ihr macht, und – sie freigegeben hat?“

„Ja, vielleicht, und als Lady danach vor ihm den Huf in den Sand gestampft hat, boah, ich hatte Gänsehaut. Kam mir vor, als hätte sie ihm zeigen wollen, dass er ihr ab jetzt nichts mehr zu sagen hat.“

Ich muss nicht die Nachrichten anschauen, um wieder vor mir zu sehen, wie Lady ihren Vorderhuf durch die Luft gerissen und den Sand gepflügt hat. Jeder einzelne Moment dieser gestrigen Turnierkatastrophe hat sich fest in mir eingeprägt.

„Was wurde denn genau berichtet? Was sagen sie über die ganze Sache?"

„Allgemeines Rätselraten." Ich höre, wie Anne einen Schluck trinkt, wahrscheinlich ist sie beim Frühstücken. Steffen scheint gerade mit Moses unterwegs zu sein; wie es aussieht, habe ich sturmfreie Bude und kann ungestört mit ihr reden. Seufzend lasse ich mich auf der weichen Couch nieder. „So was gab es bisher wohl noch nie, haben sie gesagt. Stürze wegen Verweigerungen, klar, aber Nolan war ja gar nicht in Gefahr zu stürzen, nicht in dem Moment, und die Art und Weise, wie er ihr anschließend die Trense ausgezogen hat ... Das war so symbolisch, finde ich. Die interpretieren jedenfalls wild herum und überlegen, ob er einen Nervenzusammenbruch erlitten hat oder an einem Burn-out leidet."

Und hoffentlich finden sie nicht heraus, dass seine Mutter depressiv ist, denke ich besorgt. Dann ist alles vorbei. „Gab es eine Stellungnahme von ihm?"

„Nein." Anne kaut und schluckt erneut, bevor sie weiterredet. „Er ist wohl nicht zu erreichen. Es wurde nur gesagt, dass Lady schon beim Training schwierig war und ... na ja ... dass sich wohl eine Aktivistin in den Stall geschlichen hat, die ihn vor dem Turnier in seiner Konzentration gestört hat ... das warst auch du, oder?"

„Mann, sind die doof. Checken die nicht, dass diese

angebliche Aktivistin und das Mädchen, das ihn abgeschirmt hat, die gleiche Person sind?" Schnaufend lehne ich mich zurück und ziehe mir ein Kissen auf den Bauch. „Außerdem hab ich ihm das Turnier überhaupt erst möglich gemacht. Aktivistin ... pfff ..."

„Ja, du wirst berühmt. Auf YouTube ist die Szene mit Nolan schon gestern gelandet ... muss jemand privat mit dem Handy gefilmt haben. Hat bereits über 20.000 Klicks und die Leute sind in den Kommentaren wild am Diskutieren. Über den Sinn von Springreiten und so. Die fetzen sich total." Anne lacht amüsiert auf. „Manche feiern Nolan als Helden, der sich getraut hat, ein Zeichen pro-Pferd zu setzen. Also, ob er es wollte oder nicht, er hat einiges in Bewegung gesetzt."

Ich bin mir ziemlich sicher, dass er das nicht wollte. Nolan ist kein Revoluzzer und ich mag gar nicht erst darüber nachdenken, was gerade bei den Hilberts zu Hause los ist. Im Kastanien-Hof kocht außerdem garantiert die Gerüchteküche und man wird sich erzählen, dass ich schuld an dem ganzen Desaster bin.

„Roxy? Bist du noch dran?"

„Ja", erwidere ich abwesend und unterdrücke ein Gähnen. „Ich muss mal schauen, ob er sich inzwischen bei mir gemeldet hat. Wir sehen uns ja bestimmt später im Stall, oder?"

„Weiß noch nicht. Ist bisschen doof ohne Pferd." Das

Lachen ist aus Annes Stimme verschwunden. „Ich komme mir ausgeschlossen vor, wenn ich dort bin. Vielleicht lese ich auch einfach nur und mach es mir hier gemütlich."

Tja, damit werde ich ganz bestimmt nicht meinen Tag verbringen. Manchmal beneide ich Anne um diese Fähigkeit, sich stundenlang in Geschichten zu vertiefen und dann alles um sich herum zu vergessen.

„Okay. Kannst dich ja noch mal melden, wenn du magst. Bis dann."

Sobald ich aufgelegt habe, prüfe ich WhatsApp, doch Nolan hat mir keine Nachricht gesendet. Er hat auch nicht versucht, mich anzurufen. Wo er jetzt wohl steckt – sie werden ihn doch nicht etwa in ein Krankenhaus gebracht haben? Eigentlich hätte er heute noch auf Torero bei der S-Dressur starten sollen, aber ich glaube nicht, dass er das nach dem Trubel von gestern tun wird. Er würde sich vor Reportern wahrscheinlich kaum retten können.

Ob ich ihm eine Nachricht schicken soll? Wir haben uns im Streit voneinander getrennt – und ich habe keine Ahnung, ob er in diesen dramatischen Sekunden des Turniers überhaupt mitbekommen hat, dass ich es war, die ihn in den Arm genommen hat. Anne hat schon recht, es war eine Umarmung. Aber vermutlich wird er die Fernsehberichte gesehen haben, und sein

Vater wird ihm diese Information auch nicht vorenthalten haben.

Nein, ich traue mich nicht, ihn anzurufen. Ich muss hoffen, dass er sich bei mir meldet ... Und dass Saphir trotz des Eklats auf der White Wing Ranch bleiben darf. Denn das ist Hilbert senior bestimmt schon lange ein Dorn im Auge. Er kann nur nichts dagegen tun, da Nolan erwachsen ist und die Stallmiete von seinem eigenen Geld bestreitet.

Mit knurrendem Magen gehe ich in die Küche, gieße mir einen Kaffee ein und schütte mir meine übliche Portion Cornflakes in die letzte saubere Schüssel, doch ich habe nicht einmal die Hälfte gegessen, als erneut mein Handy klingelt. Dieses Mal ist es Kathrin und ich zögere lange, bevor ich mich entschließe, abzunehmen. Vermutlich hat auch sie Wind von der Sache bekommen und möchte wissen, was los war.

„Hallo?"

„Guten Morgen, Roxy. Ich hoffe, ich hab dich nicht geweckt, aber da ist jemand am Stall, der dich dringend sprechen möchte ..."

„Jemand?", frage ich verwundert nach. „Wer ist es denn?"

„Lass dich überraschen", erwidert Kathrin gut gelaunt und ein wenig geheimnisvoll. „Ich muss jetzt ein krankes Huhn versorgen, wollte dir nur schnell Bescheid geben, komm einfach rüber, wenn du kannst! Dein Besuch wartet in der Hütte."

„Ja, kann ich", murmele ich lahm, obwohl Kathrin längst aufgelegt hat. Mein Besuch wartet in der Hütte ... Das klingt schräg. Ob es Nolan ist? Aber das hätte Kathrin mir auch sagen können. Er ist immerhin ein offizieller Einsteller. Außerdem hätte er sich bei mir gemeldet und nicht Kathrin vorgeschickt, um dann in unserem schlecht beheizten Unterschlupf zu sitzen und zu frieren. So was macht ein Hilbert nicht. Ich werde wohl selbst herausfinden müssen, wer es ist.

Im Stall angelangt, macht sich in meinem Bauch wieder dieses unangenehme Ziehen und Flattern bemerkbar, mein altvertrauter Fluchtreflex, und als ich die kalte Klinke der Tür umfasse, hole ich tief Luft, bevor ich sie öffne.

Sofort bereue ich, es getan zu haben – völlig entgeistert bleibe ich auf der Schwelle stehen und kann für einen Moment nicht reagieren. Das, was meine Augen erblicken, passt nicht im Geringsten zu dem Bild, das ich erwartet habe – ach, es passt überhaupt nicht hierher.

Lange habe ich dieses Mädchen nicht mehr gesehen, aber ich habe sie trotz des dämmrigen Lichts in der ersten Sekunde erkannt und sofort steigt ein zutiefst ungutes Gefühl in mir hoch, das sich in meine Brust bohrt und meinen Puls zum Stocken bringt. Diese in perfekten Wellen fallenden, glänzenden blonden Haare, die kalten, graublauen Augen, die mich immerzu anschauen, als wäre ich Abschaum, die lackierten Fingernägel, das süße, schwere Parfüm ... Die schrille Stimme möchte ich erst gar nicht hören, immer war ihr Klang zu laut und zu schrill für mich und die Pferde, vor allem für Saphir ...

„Nein, bitte bleib hier, Roxy, bitte bleib. Bitte ..."

Mit der Hand an der Tür erstarre ich. Isabellas Stimme klingt gar nicht schrill. Sie klingt dünn und mutlos. Doch vor allem passt das „Bitte" nicht zu ihr. Drei Mal hat sie Bitte gesagt, und sie meint mich ... Sie hat sogar meinen Namen genannt. Mein Gesicht verrät keinerlei Gefühl, als ich mich wieder zu ihr umdrehe. Es fühlt sich an, als sei es zu einer Maske aus Eis gefroren, ohne jede Mimik.

„Was willst du hier? Mir Vorwürfe machen wegen Nolan? Weil er gestern nicht gewonnen hat? Vergiss es, Isabella. Außerdem hast du in diesem Stall nichts verloren ..."

„Nein. Nein, das will ich nicht."

Verdammt, weint sie etwa? Ohne den Blick von ihr abzuwenden, suche ich mit der Linken den Lichtschalter. Erst als die schwachen Birnen an dem rustikalen Wagenrad über uns angesprungen sind, sehe ich, was ich nicht glauben kann. Isabellas Augen stehen voller Tränen, sind kurz vor dem Überlaufen. Außerdem ist sie nicht geschminkt. Zum ersten Mal sehe ich sie ohne Make-up und sie wirkt sofort drei Jahre jünger. Auch ihre Haare fallen nicht so symmetrisch wie sonst und sind zu einem offenen Zopf gebunden, als hätte sie keine Lust gehabt, sich aufwendig zu frisieren.

„Was willst du dann?“, frage ich etwas freundlicher. „Nolan ist nicht hier, falls du ihn suchst. Ich habe keine Ahnung, wo er steckt.“

„Er ist bei seinen Eltern und ruht sich dort aus“, erwidert sie gepresst und versucht, blinzelnd ihrer Tränen Herr zu werden. „Nolan ist nicht der Grund, weshalb ich hier bin. Ich bin wegen ... wegen mir hier.“

„Wegen dir!?“ Jetzt verstehe ich gar nichts mehr. Weil es kalt hereinzieht, kicke ich die Tür mit der Ferse zu und setze mich ans andere Ende des Tisches. „Das ergibt keinen Sinn.“ Zwar klinge ich nicht mehr so hart wie vorhin, aber immer noch unterkühlt und unfreundlich. Zu tief sind die Wunden, die das Verhalten der Hohensteins in Saphir hinterlassen hat – und damit auch in mir. Außerdem ist Isabella Nolans Ex-Freundin.

„Ja, vielleicht ergibt das für dich keinen Sinn. Aber ... ich hab das Video mit Nolan auf YouTube gesehen und ...“

„Also bist du doch wegen gestern hier. Ja, ich weiß, das ist alles online gegangen, aber dafür kann ich nichts. Ich wollte ihn nur vor den Reportern abschirmen, das war alles, und ja, ich wollte nicht, dass ..." Isabellas fragende Miene lässt mich stocken. „Was?"

„Nicht dieses Video! Das andere."

„Welches andere?" Wovon redet sie nur – sind etwa auch Aufnahmen von Nolans und meinem Streit vor dem Turnier bei Lady gemacht worden?

„Na, das von ihm auf Saphir am Meer! Es ist doch schon fast 100.000 Mal angeklickt worden ..." Isabella schaut mich genauso verständnislos an, wie ich mich gerade fühle. Irgendwie stehen wir beide auf dem Schlauch.

„Ich weiß nichts von diesem Video."

„Aber du warst doch dabei. Ich meine, ihr wart zusammen am Meer. Oder?"

„Oh nein, Anne, was hast du gemacht ...", murmele ich unterdrückt.

Anne hat die ganze Zeit gefilmt, während Nolan auf Saphir den Strand entlang geprescht ist, und sie hat mir später erzählt, dass sie daraus einen Clip basteln und ihn mit Musik unterlegen will. Allerdings war nie die Rede davon, ihn dann auf YouTube zu stellen. Es war ja schließlich eine Privataufnahme. „Seit wann ist der online?"

„Seit ein paar Stunden erst. Kam fast zeitgleich mit dem anderen Video. Ist übrigens auch in einem Kommentar verlinkt worden. Ich dachte, du hättest es reingestellt, unter einem anderen Namen ..."

„Moment. Das muss ich gerade mal klären." Ich bin zu verwirrt, um weiter mit Isabella zu diskutieren. Nachdenklich gehe ich aus der Hütte und schließe die Tür hinter mir, bevor ich Annes Nummer wähle. „Was hast du getan?", frage ich, nachdem sie abgenommen hat. „Wieso ist Nolans Ritt am Strand auf YouTube?"

„Oh, das war ein Versehen ... na ja, so halb." Anne lacht ertappt auf, und ich höre, dass sie Angst hat, ich könne sie runterputzen. „Wollte es erst privat listen, damit du es dir anschauen kannst, und dir den Link schicken, aber dann hab ich den anderen Clip vom Turnier gesehen und die ganzen hämischen Kommentare ... ich hab dir ja davon erzählt ... und ich wollte gegensteuern. Die sollen ihn nicht so fertigmachen."

„Sie machen ihn fertig!?"

„Ja, einige schon. Er sei ein Weichei und habe den Ruf von Warendorf beschmutzt – und eine echte Olympiahoffnung würde sich von ein bisschen Stutengezicke nicht kleinkriegen lassen ... Ich fand das echt gemein und dachte, die Leute sollten wissen, was für ein fantastischer Reiter er ist. Deshalb hab ich es hochgeladen. Immerhin ist er eine Person der Öffentlichkeit, da darf man es!“, verteidigt sie sich, obwohl ich noch gar nichts gesagt habe. „Vielleicht war es blöd, kann sein, aber wenn er wegen diesen Miesmachern aufgibt und alles hinschmeißt, dann kann es sein, dass er auch Saphir verkauft und du nicht mehr am Stall bist und ...“

„Stopp“, falle ich dazwischen, denn meine Ohren fangen an zu klingeln. Zu viele Informationen auf einmal. „Sag mal, seit wann bist du eigentlich wach?“

„Halb sieben“, bekennt Anne kleinlaut. „Ich hatte das Springen von gestern ja im Fernsehen verfolgt und wusste, was passiert ist, und hab mich die ganze Zeit gefragt, warum du dich nicht meldest. Da konnte ich nicht mehr schlafen.“

„Ich war gestern Abend einfach total müde. Mensch, Anne ... Nolan ist wahrscheinlich eh schon stinkig auf mich, und wenn er dieses Video entdeckt, dann – keine Ahnung, was dann ist. Aber auf jeden Fall nichts Gutes.“

Ich bin laut geworden, und es ist mir jetzt egal, ob Isabella mich hören kann. Dann weiß sie eben, dass Nolan und ich uns in die Haare geraten sind.

„Das glaube ich nicht mal! Das Video hat schon so viele Likes und positive Kommentare bekommen! Es ist ja nicht zu übersehen, wie genial er reitet. Ich sitze die ganze Zeit am Laptop und verfolge die Sache, der Clip wird ständig weiterverbreitet, auch auf Facebook. Die Aufnahme ist ja auch wunderschön.“

Das sieht Nolan womöglich anders. Denn er reitet auf dieser Aufnahme vollkommen anders als sonst. Doch ich will jetzt nicht mit Anne streiten. Es fordert mich schon genug, dass Isabella in der Hütte wartet und ich das Gespräch mit ihr noch fortsetzen muss.

„Okay, ich melde mich später noch mal. Hab gerade Besuch am Stall."

Seufzend schiebe ich das Handy zurück in meine Jackentasche und gehe zurück zu Isabella in die Hütte.

„Das hat meine Freundin hochgeladen. Ich werde sie bitten, es wieder offline zu stellen. Aber inzwischen wird sich wohl herumgesprochen haben, dass Nolan auch ohne Gebiss und Nasenriemen und am langen Zügel reiten kann", sage ich bitter und verschränke meine Arme vor der Brust. Es ist lausig kalt in der Hütte.

„Nein, das ist gar nicht der Grund, weshalb ich hier bin." Isabella knetet unruhig ihre Finger. „Ich ... also ... Saphir ... er ... er ist so toll in diesem Video ... und ich ..."

„Ach, das ist es – du willst ihn zurück?", herrsche ich sie an und sie zuckt erschrocken zurück. „Jetzt willst du ihn also wieder haben, wo er nicht mehr buckelt und steigt und auf einmal nicht mehr das gemeingefährliche, verhaltensgestörte Pferd ist, das ganz schnell gekillt werden muss, weil sonst ja herauskommen könnte, dass du einfach nicht mit ihm umgehen kannst ..."

„Nein, Roxy!" Nun klingt ihre Stimme wieder schrill wie früher, aber auch so verzweifelt, dass ich sofort verstumme. „Nein, ich bin hier, weil ich keine Angst mehr vor ihm haben will, deshalb! Nicht vor ihm und auch nicht vor anderen Pferden ... Ich will, dass du mir hilfst, keine Angst mehr vor Pferden zu haben! Denn ich halte das nicht mehr aus!"

Ein paar Sekunden lang ist es totenstill. Mein Gehirn begreift nicht, was Isabella mir gerade gestanden hat, doch mein Herz nickt ruhig und sagt: Ja. Ja, so war es die ganze Zeit. Du hast es nur nicht gesehen.

„Angst ..." Argwöhnisch hebe ich meinen Blick. „Du hast Angst vor Pferden!?"

„Ja." Fahrig streicht sie sich ihren losen Zopf über die Schulter. „Ich hatte immer Angst, wenn ich auf einem Pferd saß, immer, aber ich wollte auch unbedingt reiten, weil ich es so toll fand, wenn ich es bei anderen gesehen habe. Also hab ich die Angst unterdrückt, so gut es ging, obwohl mir vor jeder Reitstunde schlecht war ... Doch mit Saphir ist Panik daraus geworden. Ich hab immer noch Albträume von ihm. Fast jede Nacht. Dass er vor mir steigt und seine Hufe mich am Kopf treffen und ..." Erschauernd ringt Isabella um Luft. „Ich dachte, es hört auf, wenn ich ein anderes Pferd habe, ein Pferd, mit dem ich umgehen kann, aber jetzt bin ich auch von Sunshine gestürzt und ich ... ich schaffe das nicht mehr. Ich denk mir nur noch Ausreden aus, um meine Reitstunden absagen zu können, und lasse Sunshine von fremden Menschen bereiten, dabei liebe ich Pferde doch über alles ..."

„Ja, so sehr, dass du sie lieber töten lässt, als zuzugeben, dass du Angst vor ihnen hast."

„Ich wollte nie, dass Saphir stirbt, Roxy." Nun laufen Tränen ihre Wange hinab. „Das haben meine Eltern entschieden, weil ich damals mit den Nerven am Ende war und er mich gebissen hat ... und ja, ich wollte nicht, dass jemand erfährt, was wirklich los ist, denn was glaubst du, was dann abgeht auf dem Gestüt ... wie dann über mich gelästert wird ..."

„Das kann ich mir gut vorstellen. Ich hab es selbst erlebt. Im Lästern seid ihr top."

„Aber ich wollte nicht, dass er stirbt. Ehrlich. Es war nur alles zu viel für mich. Zu sehen, wie Nolan sich in dich verliebt und wie du völlig mühelos mit Saphir umgehen kannst, ohne jede Angst, wie er dir vertraut. Nolan hat mich abgewiesen, Saphir hat mich abgewiesen, ich ..." Isabella muss schlucken, um weitersprechen zu können. „Ich hab alles verloren, was ich geliebt habe, innerhalb weniger Wochen. Und jeder konnte dabei zusehen im Stall, jeder! Hast du eigentlich eine Ahnung, wie weh so was tun kann? Nolan war die Liebe meines Lebens, ich war schon verknallt in ihn, als ich elf war. Und dann kamst du und hast alles ... alles ...“ Sie stockt.

„Kaputt gemacht. Sag es doch.“

„Verändert“, widerspricht Isabella kaum hörbar. „Das Einzige, was für mich geblieben ist, ist meine Liebe zu Pferden. Aber ich hab solche Angst vor ihnen, also ... kannst du mir helfen? – Es wäre nur fair, finde ich“, setzt sie trotzig hinteher, als ich nicht sofort antworte.

„Ach so, weil ich mich jetzt mit den Hilberts rumschlagen muss, oder was? Außerdem ist Nolan im Moment wohl vor allem mit sich selbst zusammen. Was ihm anscheinend auch keine große Freude bereitet ...“

Ein zittriges Lächeln huscht über Isabellas tränennasse Lippen – ich weiß nicht, ob aus Triumph, weil Nolan und ich in einer Krise stecken, oder ob sie damit auf meinen Humor reagiert.

„Er hat es nicht leicht. Sein Vater setzt ihn tierisch unter Druck, das ist schon immer so gewesen. Als müsste Nolan ausgleichen, was mit seiner Mutter ... hm.“ Unsicher beißt sich Isabella auf die Unterlippe.

„Ich weiß, dass seine Mutter depressiv ist.“

„Okay. Was ich sagen will, ist – nur weil wir Geld haben und aus einem anderen Umfeld kommen als du, heißt das nicht, dass bei uns alles in Butter ist. Ich hab seit Monaten Liebeskummer from hell und Angst vor meinem liebsten Hobby. Nolan hatte schon mit sechzehn ständig Schmerzen im Rücken und kaum Freizeit und es gab eine Zeit, da hat seine Mutter drei Mal hintereinander versucht, sich umzubringen ... Meine Eltern sind zwar gesund, aber mein Vater geht ständig fremd und die beiden streiten sich deshalb oft stundenlang. Meine Mutter ist nur noch wegen des Geldes bei ihm. Doch nach außen muss immer alles glänzen und erfolgreich sein und das halte ich langsam nicht mehr aus."

„Das verstehe ich, aber – was genau willst du von mir?" Noch immer kapiere ich nicht richtig, wieso Isabella sich an mich wendet.

„Du – du machst doch andere Sachen mit Pferden als wir im Gestüt. Vom Boden aus und so, ganz frei, oder?" Ich nicke nur. „Ich möchte das gerne ausprobieren. Statt reiten. Und auf diesem Weg Saphir wieder begegnen. Zusammen mit dir. Geht das? Kannst du mir zeigen, wie du das machst, und – und kannst du mir versprechen, dass das unter uns bleibt? Also, dass ich hier gewesen bin, auf der Ranch?"

Ich schweige, weil ich wirklich nicht weiß, was ich zu alldem sagen soll. Mir war immer aufgefallen, dass Isabellas Umgang mit Pferden hektisch und angespannt war. Dass sie sich außerdem beim Reiten bis zum Hals mit Material bewaffnet hat – Sporen, Gerten, Martingal, Nasenriemen, Ausbinder, Helm und Sicherheitsweste. Aber nie bin ich auf die Idee gekommen, sie könnte Angst haben. Ich war viel zu sehr auf der Seite der Pferde gewesen, um das sehen zu können. Ich hatte in erster Linie bemerkt, dass die Pferde Angst vor ihr hatten. Dass ihre Anwesenheit und der Klang ihrer Stimme sie massiv gestresst haben. Aber wahrscheinlich ging es Isabella genauso wie Saphir. Die beiden haben sich gegenseitig Angst eingejagt.

„Als ich das Video mit Nolan am Strand gesehen habe, wusste ich, dass Saphir sich durch dich und diesen Stall verändert hat ...", redet Isabella weiter, als scheine sie die Stille zwischen uns nicht zu ertragen. „Und dass er sogar reitbar ist ... Es war wie der Beweis, dass es an mir lag, was mit ihm alles schiefgelaufen ist. Ich möchte das ändern. Alleine kann ich Saphir nicht begegnen, das schaffe ich nicht, aber wenn du dabei bist ... dann vielleicht."

„Ich werde ihn nicht wieder hergeben, Isabella." Mich schmerzt, was ich da sage. Denn ich kann das gar nicht entscheiden. Er ist Nolans Pferd. Und Nolan ist gerade vollkommen unberechenbar geworden.

„Ich will ihn nicht zurück. Ich glaube nur, wenn ich die Angst vor ihm verliere, dann ... dann verliere ich die Angst vor allen Pferden."

Das wiederum leuchtet mir ein. Saphir kann eindrucksvoll und Respekt einflößend sein. Es gab Situationen mit ihm, in denen auch mein Herz aus dem Takt geraten ist und ich kurz Angst hatte, mir das Genick zu brechen. Aber im Kern seines Wesens ist er zart, sensibel und menschenbezogen. Und wenn ich dabei bin und Isabella sich an das hält, was ich sage, und ruhig bleibt, dann ... dann könnte es eventuell klappen, sich ihm gemeinsam zu nähern, ohne dass eine Tragödie passiert.

„Du willst ihn also ganz sicher nicht reiten? Sondern ihm vom Boden aus begegnen?“, vergewissere ich mich.

„Ja“, beteuert sie und zieht schniefend die Nase hoch. Sieh an, das kann also auch eine Hohenstein, wenn kein Taschentuch in der Nähe ist.

„Okay, ich denke darüber nach. Und sag dir Bescheid.“ Ich kann das nicht jetzt entscheiden. Ich muss erst Saphir fragen, in einem dieser stillen Momente, in denen er seinen Kopf beugt und seine Stirn sacht an meine drückt. Wenn er einverstanden ist, kann ich es wenigstens versuchen. „Danke, Roxy. Das ist echt anständig von dir. – Und wegen Nolan ... Ich mache mir Sorgen um ihn. Vielleicht kannst du ja mal mit ihm reden?“

„Ich hab keine Ahnung, wie das gehen soll. Sein Vater wird mich nicht über die Schwelle lassen. Außerdem haben wir uns gezofft, wegen Lady. Ich glaub nicht, dass er mich gerade sehen will.“

„Und ich will ihn nicht sehen.“ Isabella wischt sich über die Augen. „Aber ich glaube, dass es ihm ziemlich schlecht geht. Ist so ein Gefühl.“

Ja, dieses Gefühl habe ich auch – und es bedrückt mich schon den ganzen Morgen lang. Doch an der Tür des Hilbert-Palasts zu klingeln, ist eine Idee, die ich mir gleich wieder aus dem Kopf schlagen kann. Sein Vater würde mich nicht zu ihm lassen. In dieser Hinsicht hat sich nichts geändert.

Isabella zittert noch immer leicht, als sie aufsteht und an mir vorbei nach draußen geht. In der Tür bleibt sie kurz stehen und schaut mir direkt in die Augen. Ihr Blick ist weder kalt noch arrogant. Nur sehr traurig.

„Ich bin kein schlechter Mensch, Roxy. Mir ist schon klar, dass ich mich dir gegenüber nicht gut benommen habe im Gestüt. Aber ich bin nicht schlecht.“

„Weiß ich doch“, entgegne ich leise, und muss daran denken, wie oft ich von mir selbst gedacht hatte, ich sei schlecht, und wie grauenvoll sich das jedes Mal angefühlt hat. Ich glaube, Isabella ist es in den vergangenen Monaten ähnlich gegangen.

Das Spiel ist noch lange nicht vorbei, wird mir bewusst, als Saphir und ich eine Stunde später einträchtig durch den Wald spazieren, in dessen kahlen Bäumen die Vögel singen, als würde bereits der Frühling ins Land ziehen. Doch der Boden unter uns ist frosthart und die Kälte schneidend in meiner Brust, sobald ich tief einatme.

So vieles ist gut geworden. Anne und ich haben uns versöhnt und sind Freundinnen geworden, Steffen wird mein Vater werden, Saphir ist in Sicherheit und hat sich sogar von Nolan reiten lassen, Avalon darf sich an der See von seinem Husten erholen und vielleicht sogar wieder halbwild leben. Ich habe auf der White Wing Ranch eine Heimat gefunden. Isabella von Hohenstein wendet sich an mich – an mich! –, um mir ihre Angst vor Pferden anzuvertrauen und mit mir daran zu arbeiten.

Doch noch immer stehen die Hilberts samt ihren himmelschreienden Erwartungen und Machtspielchen zwischen mir und Nolan.

Für Hilbert senior wird es deutlicher denn je sein, dass ich seinem Sohn schade. Er wird mich dafür verantwortlich machen, was gestern in Neumünster geschehen ist und Nolans Karriere gefährdet.

Es kommt nun auf Nolan an – und ob er den Mut findet, seinen eigenen Weg zu gehen.

Denn dieser Weg wird auch das Schicksal von Saphir und mir besiegeln.

STEIN AUF STEIN

„Nun ist die Bombe geplatzt – Nolan Hilbert hat endlich Stellung zu seinem Turnierabbruch in Neumünster bezogen. Bleibt dran, nach Alannah Myles erfahrt ihr mehr über den Supergau in Warendorf ..." Mit der Zahnbürste im Mund sinke ich auf den Badewannenrand und starre mich im Spiegel an, als sähe ich mich zum ersten Mal. Viel zu blass bin ich, wie immer um diese Jahreszeit – doch das mangelnde Sonnenlicht der vergangenen Wochen ist es nicht alleine, was mir die Farbe aus dem Gesicht gezogen hat. Sondern das Wort „Supergau". Nolan muss eine Entscheidung getroffen haben – eine, die offensichtlich viele Leute nicht in Ordnung finden, sonst würde der Radiosprecher kaum derartige Begriffe verwenden. Klar wird da gerne übertrieben, das ganze Thema ist ohnehin gepusht worden, als würde von ihm der Weltfrieden abhängen. Aber es gibt Neuigkeiten, von denen ich noch nichts weiß, und lieber erfahre ich sie alleine im Badezimmer hinter abgeschlossener Tür als bei Steffen am Frühstückstisch, auch wenn die Zeit drängt und schon in fünfzehn Minuten der Bus an der Haltestelle steht.

Hunger habe ich jetzt sowieso keinen mehr.

Weil ich auf keinen Fall etwas verpassen will, wage ich es nicht, den Wasserhahn aufzudrehen, um mir den Mund auszuspülen, spucke lediglich den Schaum ins Becken und warte mit einem scharfen Minzaroma am Gaumen darauf, dass Alannah Myles endlich zu Ende gesungen hat. Doch ich muss mich noch einen Werbeblock lang gedulden, bis sich der Moderator wieder zu Wort meldet – und drehe sofort lauter.

„Schocknachricht aus Warendorf: Unsere große Springreiter-Olympiahoffnung Nolan Hilbert, Sohn des Brötchen-Giganten und jüngster Sportsoldat des aktuellen Kaders, hat heute früh bekannt gegeben, dass er sich ab sofort aus dem Turniersport zurückziehen, seine Pferde verkaufen und seine Karriere beenden wird. Er begründet dies mit einer schlecht heilenden Schulterverletzung, doch ist das die Wahrheit hinter seiner Entscheidung? Schon vergangenes Jahr überraschte Hilbert junior seine Fans mit der plötzlichen Trennung von Isabella von Hohenstein, nun wendet er dem Reitsport den Rücken zu, obwohl er gerade erst in Warendorf als Sportsoldat angenommen wurde und ihm nur noch wenige Punkte für die Olympia-Qualifikation fehlten. Zudem ist noch immer unklar, was bei den VR-Classics in Neumünster am Wochenende eigentlich geschehen ist und wieso Nolan seinen Ritt grundlos abgebrochen hat. Ist es wahr, was seitdem durch die Medien kursiert – hat Nolan Hilbert vor laufenden Kameras einen Zusammenbruch erlitten? Im Internet wird Hilbert junior sowohl als Versager verhöhnt als auch als Held gefeiert, der dem Turnierzirkus vor Augen geführt hat, dass Pferde als Sportgeräte behandelt werden – oder sollte man eher sagen: misshandelt? Spekuliert wird auch über ein Mädchen, möglicherweise Nolan Hilberts neue Freundin, mit dem er sich vor dem Turnier gestritten haben soll und das eines seiner Pferde reitet – jenen pechschwarzen Vollblut-Araber, auf dem Nolan in einem YouTube-Clip über den Strand prescht. Alles sehr mysteriös, oder? Was sagt ihr zu der ganzen Sache? Ruft an oder mailt uns. Übrigens – Nolan Hilbert wird zukünftig wohl nicht mehr so schnell in der Öffentlichkeit zu sehen sein. Laut seiner Stellungnahme wird er in der Schweiz an einer Privat-Universität BWL studieren, um in fünf Jahren den Betrieb seines Vaters zu übernehmen."

Mit bebender Hand schalte ich das Radio aus. „Das hast du nicht ...", wispere ich fassungslos und muss mich erneut setzen. „Bist du jetzt völlig verrückt geworden?" Das kann er doch nicht ernst meinen – von jetzt auf gleich mit dem Reiten aufzuhören und seine Pferde zu verkaufen, um in ein paar Jahren in die Fußstapfen seines Vaters zu treten ... Und was bedeutet das genau: Er verkauft seine Pferde. Lady und Torero und – und auch Saphir? So, wie Anne geunkt hatte und woran ich nicht glauben wollte?

„Roxy!? Es wird langsam Zeit ...“, ruft Steffen von unten. „Alles in Ordnung?“

„Ja!“, erwidere ich gereizt und streiche meine dunklen Locken aus der Stirn. Nein, nichts ist in Ordnung ... Wieso hat er nicht mit mir geredet? Ich hab den Turniersport nie gemocht, aber Nolan war gut darin, er hat das geliebt und sein Leben lang auf dieses Ziel hingearbeitet, wieso gibt er es so plötzlich auf, nachdem er in Holland noch so getan hat, als sei es seine größte Herzensangelegenheit? Schämt er sich etwa für das, was in Neumünster geschehen ist?

„Roxy!“

„Ich komme ja schon!“, brülle ich zurück, obwohl ich keine Ahnung habe, wie ich mit diesem Durcheinander im Kopf auch nur eine Schulstunde überstehen soll.

Schon im Bus ist mir alles zu viel – das Lärmen der Stimmen, die Enge, die vielen unterschiedlichen Gerüche und Farben, und nach der ersten Stunde beginnen sich hämmernde Schmerzen hinter meiner rechten

Schläfe auszubreiten. Obwohl wir das Handy in der Schule nicht benutzen dürfen, versuche ich mehrfach, Nolan zu erreichen, doch er nimmt nicht ab – er scheint sein Smartphone ausgeschaltet zu haben, ich erreiche immer nur seine Mailbox, hinterlasse aber keine Nachricht. Also muss ich nach dem Berufsvorbereitungskurs zu ihm fahren und riskieren, dass sein Vater mich gar nicht erst zur Tür hineinlässt.

Mir wird ganz schlecht bei dieser Vorstellung, doch das ändert auch nicht mehr viel. Mir geht's miserabel, als ich gegen Abend endlich wieder zu Hause bin und zappelnd darauf warte, dass Steffen nach Hause kommt, denn so ätzend die Situation auch ist: noch einmal möchte ich ihn nicht vor vollendete Tatsachen stellen und ohne Erlaubnis verschwinden. Wir haben unsere Regeln, und wenn es irgendwie geht, will ich mich an sie halten. Ich versuche sogar, noch für den Mathetest Ende der Woche zu lernen, doch mein Kopf kann mit den Zahlen und Gleichungen nichts anfangen, ich bleibe in jeder Rechnung auf halber Strecke hängen und zerbreche vor lauter Anspannung ständig die Mine des Bleistifts, weil ich ihn zu fest aufs Papier drücke.

Als gegen acht die Haustür aufgeht und Moses schwanzwedelnd in die Küche schießt, um abwechselnd an mir hochzuspringen und krachend Trockenfutter zu zerbeißen, bin ich ein einziges Nervenbündel.

„Bitte kann ich noch zu Nolan fahren?“, frage ich Steffen, kaum dass er seine Jacke an die Garderobe gehängt hat. Er sieht geschafft aus, es muss auch für ihn ein fordernder Tag gewesen sein. „Ich muss mit ihm reden ... Dringend. Und er hat sein Handy ausgestellt.“

Steffen streckt sich stöhnend und schließt kurz seine Augen. Oh je. Das macht er nur, wenn er gestresst ist. Das neue Mädchen in der WG bringt ihn regelmäßig an seine Grenzen und führt außerdem einen leidenschaftlichen Zickenkrieg mit Larissa. „Wieso denn das? – Nein, Moment. Es interessiert mich nicht“, beschließt er knurrig. „Ich will heute Abend keine Dramen mehr hören. Hatte genug davon.“

„Heißt das, ich darf?“, frage ich hoffnungsvoll. Oder war das ein Nein?

„Würdest du denn hierbleiben, wenn ich es dir verbiete?“ Steffen scheint keine echte Antwort zu erwarten, sondern geht an mir vorbei in die Küche, um Moses eine Dose streng riechendes Hundefutter zu öffnen. Klackend tanzen Moses’ Krallen über den Boden, er ist völlig außer sich.

„Wahrscheinlich nicht“, gebe ich ehrlich zu. „Es ist wichtig und es geht um ...“

„Es ist wichtig und es geht um Saphir. Oder?“ Steffen zieht mit einem müden Gesichtsausdruck die Brauen hoch, sieht aber nicht sauer aus. Auch nicht genervt.

Sondern eher, als sei ihm gerade alles egal. „So ist es doch immer, und wenn ich eines gelernt habe in den vergangenen Wochen, dann das: Zuerst kommen die Pferde, dann Nolan, dann Anne und erst danach kommt irgendwann der blöde alte Steffen."

Ich muss grinsen, versuche es aber so gut wie möglich zu verbergen. Scheiße, ist der mies gelaunt – und gleichzeitig hab ich ihn dabei so lieb, dass ich mich traue, zu ihm zu gehen und meinen Kopf an seinen Rücken zu schmiegen.

„Ich hab keine feste Reihenfolge für die Lieblingsmenschen in meinem Leben. Aber du hast schon recht, die Pferde kommen zuerst."

Ächzend greift Steffen nach hinten und zwickt mir in die Seite, bevor er sich umdreht und mich kurz an sich zieht. Immerhin, das kriegen wir inzwischen hin. Umarmungen. Das wäre vor einem halben Jahr undenkbar gewesen.

„Um spätestens halb elf bist du zurück."

„Wahrscheinlich längst vorher. Glaube nicht, dass sein Vater mich zu ihm lässt. Aber versuchen muss ich es."

„Roxy, ich meine das ernst. Wenn du um halb elf nicht wieder hier bist, komme ich dich holen. Ganz egal, welches Pferd gerade in Not ist."

„Es ist dasselbe wie immer", erwidere ich seufzend

und merke, dass mir das langsam selbst gewaltig auf den Keks geht – dieses ständige Bangen um Saphir und seine Zukunft. Ich weiß, dass ich von Nolan nicht erwarten kann, sein Leben nach Saphir auszurichten, aber ich habe diese Zitterpartie satt. Doch fast so sehr wie um Saphir bange ich um ihn. Den ganzen Tag lang habe ich versucht, meine Gefühle für ihn aus dieser Gleichung herauszunehmen, aber als ich durch die eisige Februarluft zu ihm fahre, gelingt es mir nicht mehr. Wenn Nolan Ernst macht und in die Schweiz geht, ist unsere Beziehung zu Ende – ob Saphir auf der Ranch bleibt oder nicht. In Warendorf mögen drei oder vier Isabellas gewesen sein. Auf einer Privatuni in der Schweiz, weit weg von hier, werden sie ihn unter sich herumreichen. Wir werden keinerlei Gemeinsamkeit mehr haben, denn die Pferde werden für ihn Geschichte sein – und ich kann mir kaum vorstellen, dass er bereit ist, aus der Ferne weiterhin für Saphir zu sorgen.

Jetzt geht es mir wie Isabella, als ich auf den Kastanien-Hof kam. Ich habe Angst, dabei zuschauen zu müssen, wie ich die beiden liebsten Wesen in meinem Leben verliere, und mich kann dabei nur wenig trösten, dass Steffen für mich da sein wird.

Ich fühle mich wie ein zu fest gespannter Bogen, als ich das Anwesen der Hilberts erreiche und mein Rad auf der anderen Seite der Straße nachlässig gegen die

Laterne lehne, ohne es abzuschließen. Ich rechne fest damit, gleich wieder wegfahren zu müssen, und dann sollte es vielleicht auch schnell gehen können ... Ein letztes Mal versuche ich, Nolan über mein Handy zu erreichen, doch wieder springt nur die Mailbox an.

Wie erwartet lässt sich das erste schmiedeeiserne Tor nicht von alleine aufdrücken. Ich muss erst auf den Knopf unter dem Namensschild drücken und kann hören, wie sich die Kamera über meinem Kopf scharf schaltet und mich ins Visier nimmt. Doch niemand fragt nach meinem Namen. Es bleibt still und nach einer Weile gleitet das Tor summend vor mir auf und ich kann zwischen den Solarleuchten hindurch ein weiteres, sich von selbst öffnendes Türchen passieren und bis hoch zur Eingangstür gehen. Sie ist so breit, dass man problemlos mit einem Auto hindurchfahren könnte.

Ich weiß nicht, was ich jetzt tun soll, und bleibe stehen, ohne an die Tür zu klopfen oder nach einem weiteren Klingelknopf zu suchen. Gesehen hat man mich ja längst. Nach einigen Sekunden springt die Lampe über meinem Kopf an, obwohl ich bereits von rechts und links grell angestrahlt werde, und Schritte nähern sich.

Jetzt ist es also gleich so weit. Nolans Vater wird mir gegenüberstehen und ich werde all seinen Zorn und seinen Hass auf mich ziehen. Ich habe keine Angst vor ihm. Aber ich möchte ihm auch nicht begegnen. Deshalb senke ich meine Lider und starre auf die dicke Fußmatte unter meinen Boots, als die Tür sich langsam öffnet und die Wärme aus dem Inneren des Hauses mein Gesicht streift. Ich rechne mit allem. Schreien, Drohungen – doch es passiert gar nichts. Ich weiß, dass da jemand vor mir steht und mich anschaut, und ich bin mir auch sicher, dass es nicht Nolan ist.

„Du bist da …“, höre ich eine warme, dunkle Frauenstimme sagen, als hätte sie die ganze Zeit auf mich gewartet. Verwundert hebe ich meinen Blick und blicke in zwei schräg liegende Augen, schwarz wie Nolans, die mich mit einer solchen Wehmut anschauen, dass ich automatisch über die Schwelle trete. Mit der Linken greife ich nach hinten und ziehe die schwere Tür hinter mir zu.

Für einige stille Sekunden stehen wir dicht voreinander und schauen uns an. Diese Frau kann nur Nolans Mutter sein. Ich habe sie mir anders vorgestellt – vernachlässigt, das Haar strähnig, und mit tiefen Furchen im Gesicht. Oder wiederum wie Isabellas Mutter; schöner Schein, der alles verbirgt, was nicht zu dem Image der Hilberts passt.

Aber sie ist ganz anders mit ihrem zart gemusterten Poncho, den verwaschenen Jeans, ihrem ovalen, leicht gebräunten Gesicht und ihrem seidig glänzenden, geflochtenen Zopf. Sie wirkt auf mich auch nicht depressiv. Traurig – ja, das ist sie, das kann ich sehen und auch ihr Lächeln wirkt traurig. Irgendetwas ist aus ihrem Leben verschwunden und vielleicht kann sie sich gar nicht mehr daran erinnern, was es war. Aber da ist noch Glanz, da ist noch Energie, ganz verborgen, ich spüre es genau.

Ob sie tatsächlich auf mich gewartet hat? Vielleicht hat sie die Fernsehaufnahmen gesehen und erkennt mich wieder.

„Ich bin Roxy", sage ich sicherheitshalber und erwidere ihr Lächeln, in der Hoffnung, dass meines nicht so traurig wirkt wie ihres.

„Ja, ich weiß", entgegnet sie leise und ihr Lächeln verstärkt sich. Ihre Augen sind zwar so dunkel wie die von Nolan, aber matt wie ein schwarzer Kiesel in der Nacht. Kein Funkeln, kein Glitzern. „Ich freue mich, dass du da bist", spricht sie gedämpft weiter. Ich mag den Klang ihrer Stimme. Er ist wie ein warmer Windhauch in der Nacht. Ich kann mir nicht vorstellen, dass diese Stimme jemals schrill, schneidend oder böse werden kann.

„Du erinnerst mich an ein Bild – ein Bild, das in meinem Arbeitszimmer hängt."

„Ja, das Mädchen mit den grünen Augen", sage ich wissend. „Nolan hat mir davon erzählt." Einen Moment lang frage ich mich, ob sie vielleicht geglaubt hat, ich sei dieses Mädchen, als sie mich gesehen hat. Ich habe keine Ahnung, wie Medikamente gegen Depressionen sich auf die Wahrnehmung eines Menschen auswirken können. Doch dafür schaut sie mich trotz ihrer Traurigkeit zu wach und vor allem zu neugierig an.

„Du bist aber das Pferdemädchen. Das Mädchen, das all das ausgelöst hat, was am Wochenende geschehen ist, oder?"

Beklommen nicke ich. Ich habe das Gefühl, in eine andere Ebene gerutscht zu sein. Nolans Mutter fühlt sich so vertraut an, als würden wir uns schon lange kennen.

„Ja, ich glaube, man kann mich Pferdemädchen nennen." Ich zögere, bevor ich weiterrede, weil ich mir nicht sicher bin, ob ich aussprechen sollte, was mir auf der Zunge liegt. „Ich nehme Sie gerne mal mit zu uns auf die White Wing Ranch. Sie müssen dort auch nicht reiten oder mit anderen Menschen sprechen. Wir können einfach nur auf die Weide gehen, zu den Pferden, und bei ihnen sein, wenn es wieder warm ist und der Frühling kommt. Mir tut das immer gut, ganz egal, was vorher in meinem Leben passiert ist."

„Das würde ich sehr gerne machen." Ich bilde mir ein, dass ihre Augen nicht mehr ganz so matt sind und die Neugierde in ihnen sich verstärkt. „Ich bin allerdings sicher, dass mein Mann dagegen wäre. Er macht sich immerzu Sorgen um mich und will alles von mir fernhalten, was irgendwie nach Ärger riecht, aber weißt du was? Ich könnte mal wieder eine ordentliche Portion Ärger vertragen, damit ich merke, dass ich noch am Leben bin. Für die anderen bin ich längst tot, obwohl sie genau davor Angst haben."

„Für mich nicht", entgegne ich leise. „Für mich sind Sie lebendig. Vielleicht spüren Sie es nur nicht. Ich kenne das, mir ging es auch lange so. Aber es brauchte nur den richtigen Moment, und der ist gekommen, als ich Saphir und Nolan kennengelernt habe. Es wurde dadurch nicht alles leichter, aber ab da war ich wieder lebendig. Und es hat seitdem auch nie mehr aufgehört."

„Danke, dass du das sagst." Nolans Mutter berührt mit der Spitze ihres Zeigefingers prüfend meine Wange, als wolle sie sich vergewissern, dass ich auch wirklich da bin. „Du möchtest nun sicher zu Nolan – weißt du denn, wo sein Zimmer ist?"

„Nein, ich war zwar mal hier, aber … jedenfalls weiß ich nicht, wo Nolans Zimmer ist."

„Du gehst die Treppe hoch, bis sie nicht mehr weiterführt. Der gesamte Dachboden ist Nolans Reich. Ich glaube, er ist gerade unter der Dusche. Warte einfach auf ihn. – Ich weiß nicht genau, was zur Zeit in ihm vorgeht, aber vielleicht schaffst du es, mit ihm zu sprechen. Weißt du, Roxy – mir ist es nicht wichtig, ob er

Turniere gewinnt oder es zu den Olympischen Spielen schafft. Ich will einfach nur, dass er glücklich ist, ganz egal, was er tut."

Noch ein Weilchen bleiben wir voreinander stehen, als könnten wir uns nicht voneinander lösen und hätten Angst, uns nie wieder zu sehen, wenn wir es tun, dann nicke ich ihr kurz zu und mache mich auf den Weg ins Dachgeschoss. Als ich es gefunden habe, kann ich kaum glauben, wieviel Platz ihm zur Verfügung steht. Man könnte in diesem Raum eine komplette Wohnung unterbringen. Er hat alles, was man braucht, und noch viel mehr – ein großes Bett mit Fernseher, eine kleine Teeküche, Regale in Hülle und Fülle, eine Ecke mit Couch und Sofa, sogar eine überdachte Loggia mit noblen Rattan-Möbeln, auf der er die lauen Sommerabende genießen kann. Ich glaube, wenn ich hier wohnen würde, hätte ich gar keine Lust, in ein anderes Land zu gehen.

Seine Mutter hat recht gehabt – hinter der Badezimmertür höre ich die Dusche rauschen, und weil ich nicht weiß, was ich machen soll, bis Nolan fertig ist, schlendere ich an den Regalen entlang und schaue mir an, was sich hinter den Glastüren verbirgt. Die Vitrine neben dem Kleiderschrank steht ein wenig verborgen unter der Schräge und ich muss grinsen, als ich erkenne, was sich darin befindet: Lego. Ja, hier reiht sich ein

Lego-Anwesen an das andere, und ich glaube nicht, dass es bei Lego diese Themenwelten gibt. Nolan muss die Häuser selbst entworfen haben und ich muss laut auflachen, als ich sehe, dass zu jeder zweiten Villa ein Stall und eine Wiese mit Pferden gehören. Es sind aber ganz normale Wohnhäuser mit Garten und Balkon und Garage – nur eben von Menschen, die am Haus Pferde halten. Wie es aussieht, ist Nolan in seinen Kindertagen ein begeisterter Lego-Architekt gewesen und hat es nicht fertiggebracht, sich von seinen aufwendigen Konstruktionen zu lösen. Er muss viele Stunden an ihnen gebaut haben.

Diese Entdeckung nimmt mir meine Nervosität ein wenig, weil sie mir zeigt, dass auch Nolan mal ein richtiges Kind gewesen ist, verspielt und verträumt.

Weil im Badezimmer immer noch die Dusche rauscht, werfe ich auch noch einen Blick in die anderen beiden, größeren Vitrinen. Sie bersten vor Pokalen, Schleifen und eingerahmten Fotografien, die Nolan bei seinen Turnieren zeigen. Ich muss schmunzeln und gleichzeitig seufzen, als ich ihn auf einem Bild zusammen mit Jakob entdecke; stolz wie Oskar strahlt Nolan in die Kamera und auch Jakobs Ohren sind freudig gespitzt. Dieses Turnier scheint beiden großen Spaß gemacht zu haben. Nolan muss elf oder zwölf Jahre alt gewesen sein, nicht älter. Seine Haare sind heller und sein Gesicht ist runder als jetzt. Er sieht unbekümmert aus – so, wie ich ihn nur selten erlebt habe.

Die beiden Vitrinen sind wie eine Demonstration seiner bisherigen Bestimmung. Umso weniger kann ich begreifen, dass er über Nacht alles beendet hat, was ihm bisher wichtig gewesen ist. Unschlüssig, was ich nun tun soll, stromere ich noch einen Moment durch den Raum und entscheide mich schließlich, mich auf den Sessel schräg gegenüber der Badezimmertür zu setzen, und dort auf Nolan zu warten.

Nach einigen Minuten verstummt das Rauschen der Dusche und ich höre, wie die Türen der Kabine zur Seite geschoben werden. Es vergeht keine Sekunde, da öffnet sich bereits die Badezimmertür und Nolan steht vor mir, wie Gott ihn erschaffen hat. Er hält lediglich ein kleines Handtuch in der linken Hand, mit dem er sich gerade über seine nassen Haare fährt. Verdutzt schaut er mich an.

„Ist das irgend so ein Tick von dir? Nackt im Haus herumzulaufen?"

Noch immer steht Nolan wie vom Donner gerührt da, als glaube er nicht, was er sähe. „Oh Mann ...", sagt er, sobald er seine Sprache wiedergefunden hat, und tappt rückwärts ins Bad zurück, um sich ein größeres Handtuch zu schnappen und sich um seine Taille zu binden. „Ich wusste nicht, dass du hier bist!"

„Schon okay, ich gewöhne mich langsam an diesen Anblick“, erwidere ich trocken und muss grinsen. Es war wirklich nicht mehr so irritierend wie beim letzten Mal. Außerdem bin ich in sein Reich eingedrungen, ohne dass er davon gewusst hat. Vielleicht hätte ich ihn vorwarnen sollen, dass ich hier bin. Allerdings habe ich auch nicht damit gerechnet, dass er sofort aus dem Badezimmer kommt, sobald er die Dusche ausgestellt hat. „Deine Mutter hat mich reingelassen.“

„Meine Mutter? Meine Mutter hat dir die Tür geöffnet?“

„Ja. Warum, was ist daran so ungewöhnlich?“

„Meine Mutter öffnet nie die Tür. Seit Jahren nicht mehr.“

„Sie war es jedenfalls. Hab sie auf den ersten Blick erkannt, ihr habt fast die gleichen Augen.“

„Hm“, macht Nolan argwöhnisch und geht hinüber zu seinem überdimensionalen Kleiderschrank, um sich eine frische Jeans, ein Hemd und eine Shorts rauszusuchen. Mit dem Rücken zu mir schlüpft er in die Klamotten, sodass ich wieder einmal sein nacktes Hinterteil begutachten kann.

„Ich habe den ganzen Tag versucht, dich zu erreichen. Sorry, mir blieb nichts anderes übrig, als hier herzukommen, um dich zu sprechen.“

„Ich habe mein Handy seit dem Wochenende aus. Ich

weiß auch nicht, ob ich es überhaupt irgendwann mal wieder anmache", knurrt Nolan grantig, schließt den Knopf seiner Jeans, streift sich das Hemd über und kommt barfuß zu mir, um sich mir gegenüber auf die Couch zu setzen. „Hier ist das Telefon heiß gelaufen und dauernd standen irgendwelche Reporter vor der Tür. Ich musste eine Stellungnahme abgeben, damit wenigstens wieder Ruhe einkehrt. Das Ganze ist nicht gut für meine Mutter."

„Ich habe nicht das Gefühl, dass es deiner Mutter deshalb so schlecht geht."

Nolan schüttelt mit einem geplagten Gesichtsausdruck den Kopf. „Du kannst das nicht beurteilen, Roxy. Du weißt nicht, was das alles bedeutet."

„Ich war dabei", erinnere ich ihn schneidend. „Ich hab mit eigenen Augen gesehen, was passiert ist. Es ist kein Grund, sich vor der Welt zu verstecken und alles hinzuschmeißen!"

„Mich wundert, dass du das sagst – ausgerechnet du. Du hast mir noch kurz vor dem Turnier die Hölle heißgemacht und mir vorgeworfen, dass Lady lieber Mutter werden will, als über Hindernisse zu springen!"

„Ja, das stimmt", gebe ich ihm recht. „Ich finde diese ganze Turnierreiterei nicht gut. Aber du hast Freude daran gehabt, oder? Du reitest gerne. Ich hab mir die ganzen Fotos angeschaut, auf manchen siehst du richtig glücklich aus. Warum machst du mit allem Schluss? Nur weil du dich schämst und dir das Ganze irgendwie peinlich ist? Was glaubst du, wieviel mir in meinem Leben schon peinlich war mit meiner Leseschwäche!"

„Ach, es ist mir doch nicht peinlich", schnaubt Nolan wegwerfend. „Klar, es war nicht das, was von mir erwartet wurde, aber manche Reiter sind schon in hohem Bogen über die Hindernisse geflogen oder die Pferde haben mit ihnen gemacht, was sie wollten. Nein, es ist mir nicht peinlich, es ist nur – ich weiß selbst gar nicht mal genau, was in diesem Moment mit mir passiert ist. Ich konnte nicht mehr. Ich war wie gelähmt, ich *musste* absteigen, und dann habe ich gesehen, wie Ladys Augen mich anschauten und ich – ich musste ihr die Trense ausziehen, es ging nicht anders. Und danach hat sie mir ja echt noch mal gezeigt, wo der Hammer hängt. Du hast es gesehen, oder?"

„Ja. Ganz schön imposant – und ich glaube auch, sie wollte dir damit deutlich sagen, dass sie das Ganze nicht weiter mitmachen will. Aber es gibt doch so viele andere Wege, mit Pferden zusammen zu sein, es muss nicht das Turnierreiten sein!", wende ich in gewollt ruhigem Ton ein.

„Aber das war mein Leben! Ich kenne nichts anderes. Und wenn ich das nicht tue, dann eben Plan B. Mehr Auswahl gibt es nicht."

„Plan B – die Firma von deinem Vater übernehmen?", hake ich nach.

„Ja."

„Echt jetzt, Nolan?" Ich beuge mich nach vorne und versuche, ihm direkt in die Augen zu schauen, doch er weicht mir aus. „Das kann doch nicht dein Ernst sein! Dass es für dich nur diese zwei Optionen im Leben gibt – entweder für Olympia zu starten oder Brötchen zu verkaufen. Das ist doch absurd ..."

„Aber so ist es nun mal, Roxy!", ruft Nolan aufgebracht. „So war es immer abgemacht. Entweder mein Vater unterstützt mich mit dem Turnierreiten oder ich studiere BWL, um seine Firma zu übernehmen. Das war der Deal. Wenn ich jetzt keine Turniere mehr reite, unterstützt er mich nicht mehr mit den Pferden, und dann muss ich eben das andere machen."

„Nolan, ehrlich, du solltest dich selbst hören!" Jetzt bin ich wirklich ein bisschen wütend. „Wenn jemand keine Optionen hat, dann bin ich das. Ich kann kaum schreiben und lesen, welche Berufschancen hab ich denn schon in dieser Welt? Aber du – du hast alle Chancen! Es liegt doch an dir, was du machen willst, und nicht an dem, was dein Vater für dich vorgesehen hat!"

„Aber er finanziert mir ausschließlich ein BWL-Studium unter der Prämisse, dass ich es nutze, um seine Firma zu führen, wenn er in den Ruhestand geht. Er ist schon über 60, Roxy, einer muss den Laden übernehmen!“

„Na und? Meinst du, da draußen gibt es nicht jemand anderen, der das tun kann? Vielleicht hat ja auch eine deiner Schwestern Lust dazu. Und ansonsten machst du es halt so wie die meisten anderen Studenten auch – du gehst nebenher arbeiten, um dein Studium zu finanzieren. Du musst ja nicht in einer Nobelbude wohnen. Such dir den Studiengang aus, auf den du Lust hast. Vielleicht willst du ja später Häuser für Menschen mit Pferden entwerfen und Architekt werden ...“ Ich werfe einen bezeichnenden Blick auf das Regal mit den Lego-Bauten und eine zarte Röte kriecht Nolans Hals hinauf, wie ganz am Anfang, als wir uns kennengelernt haben und ihn irgendetwas an mir immer wieder verlegen gemacht hat.

„Okay, du hast also gesehen, was ich da noch stehen hab ... das ist aber von früher ...“

„Ja, und es scheint dir Spaß gemacht zu haben.“

„Das hat es. Ich denke auch nicht, dass ich schlecht darin wäre, nur ... Ich hab ehrlich gesagt noch nie über andere Varianten nachgedacht. Es war immer klar: Wenn ich aus dem Leistungssport aussteige, finanziert mein Vater meine Reiterei nicht mehr.“

„Zählt eigentlich auch die Stimme deiner Mutter in diesem Haus?“ Nolan zuckt zusammen, doch ich spreche weiter, ehe er sie wieder als zu zerbrechlich aus dem Spiel nehmen kann. „Deine Mutter hat vorhin gesagt, ihr ist es das Wichtigste, dass du glücklich bist, egal, was du tust."

„Meine Mutter hat mit dir gesprochen?"

„Ja, wir haben uns ein paar Minuten lang unterhalten."

Nolans Augen bekommen einen ungläubigen Ausdruck. „Das – das kann ich mir gar nicht vorstellen, sie redet doch so gut wie nichts mehr. Sie sitzt immer nur im Kaminzimmer und schaut ins Feuer, und schon gar nicht spricht sie mit Fremden ... es sei denn, sie ist ordentlich gedopt ..."

„Wir haben aber miteinander geredet. Ganz normal." Na ja, wirklich normal war es nicht. Manche ihrer Sätze waren aus dem Zusammenhang gerissen und sie ist von einem Thema zum anderen gesprungen. Aber das kenne ich von mir auch. Ist wohl normal, wenn man viel geschwiegen hat, man ist aus der Übung. „Und sie wünscht sich, dass du glücklich bist – und hat gesagt, dass sie hier ruhig ein bisschen Ärger vertragen könnte. Hast du mal überlegt, dass ihr vielleicht einfach todlangweilig ist? Dass sie nichts mehr hat, was sie erfüllt? Und dass sie deshalb so traurig ist?"

„Sie ist nicht traurig, Roxy. Sie ist depressiv, das ist eine Krankheit."

„Ja, und jede Krankheit hat eine Ursache. Mir kommt sie vor, als hätte sie etwas verloren. Vielleicht findet sie es bei den Pferden wieder, abseits des Turniersports. Vielleicht ist das die Richtung und das große Thema hinter allem. Du liebst Pferde doch auch!“

„Ich weiß es ehrlich gesagt nicht, Roxy“, entgegnet Nolan zweifelnd. „Ich weiß nicht einmal …“ Er schließt die Augen und drückt seine Faust vor seinen Mund, als müsse er um seine Beherrschung kämpfen. „Ich weiß nicht einmal, ob ich wirklich mit ihnen umgehen kann. Du warst zehn Minuten mit Lady in der Box und hast genau gewusst, was mit ihr los ist. Sie war friedlich und ruhig bei dir und mich giftet sie seit Wochen an. Ich habe sie nicht verstanden und Torero – Torero ist wie ein Sportgerät. Er wurde mir gekauft und vor die Nase gesetzt und funktioniert. Aber wahrscheinlich ist es nur eine Frage der Zeit, bis auch er anfängt, sich gegen mich zu stellen. Was ist, wenn ich in Wirklichkeit gar kein Händchen für Pferde habe?“

„Das ist der größte Bullshit, den ich jemals gehört habe“, erwidere ich kühl. „Hast du dir mal das Video von dir und Saphir am Strand angeschaut? Erinnerst du dich, welchen Draht du zu Jakob hattest? Ihr wart wie Arsch und Eimer!“

„Ja, ich erinnere mich“, entgegnet Nolan hart. „Aber vielleicht war das eine Ausnahme. Das, was zwischen

Jakob und mir war, hab ich niemals mit Lady erreicht und mit Torero erst recht nicht und Saphir – Saphir ist alleine durch dich reitbar geworden, nicht durch mich. Ich hab damit gar nichts zu tun!“

„Wenn Saphir nicht gewollt hätte, dass du ihn reitest, hätte er dich abgeworfen. Das ist ein Leichtes für ihn. Ihr verschmelzt miteinander in diesem Video, du musst dir das anschauen ... Nolan, bitte, wirf das nicht alles weg“, flehe ich ihn an, denn ich verliere langsam die Hoffnung, ihn umstimmen zu können. Er hat sich rettungslos verrannt. „Ich weiß nicht, wie es sonst weitergehen soll mit Saphir ... und – und vor allem mit uns!“ Jetzt muss ich um meine Beherrschung kämpfen.

„Wieso denn mit uns?“, fragt er mit hochgezogenen Brauen. Ich mag es, wie seine feuchten Haare sich in seine Stirn wellen und in ihrem gewohnten Durcheinander übereinanderlegen. Ich will das noch ganz oft sehen. Und vielleicht will ich auch noch einmal sehen, wie er nackt aus der Dusche kommt – und sich nicht sofort anzieht.

„Kapierst du das nicht?“ Meine Stimme hört sich brüchig an. „Ohne die Pferde verlieren wir uns. Sie sind das, was uns miteinander verbunden hat, und wenn du jetzt alles hinschmeißt, dann nimmst du mir nicht nur Saphir. Ich verliere auch dich. Ich will dich aber nicht verlieren, Nolan. Du bist doch sowieso schon so weit weg ..."

„Ich bin nicht weit weg. Ich sitze dir direkt gegenüber."

„Ja, weil ich meine Angst vor deinem Vater überwunden habe und zu dir gefahren bin, nur deshalb. Du hättest dich doch nie wieder gemeldet ..."

„Das glaubst du wirklich?" Nolan lacht überrascht auf. „Roxy, ehrlich? Du denkst, nur wegen so einem blöden Streit melde ich mich nie wieder bei dir? He, du hast mich vor diesen ganzen Reportern beschützt, bist zu mir gekommen, als kein anderer Mensch für mich da war. Und du hast mich nach Jakobs Tod getröstet. Das bedeutet mir etwas – nein, du bedeutest mir etwas. Ich hätte schon einen Weg gefunden, dich weiterhin zu sehen. Wir brauchen die Pferde nicht, um verbunden zu sein. Oder? Brauchst du denn die Pferde, um mich zu mögen?"

Ich muss kurz darüber nachdenken. Es war schon so, dass Nolan und die Pferde für mich zusammengehört haben, aber würde ich aufhören, ihn zu mögen, wenn er in die Schweiz gehen und dort studieren würde? Auf keinen Fall. „Klar würde ich dich noch mögen. Aber ..." Wieder nehme ich mir Zeit, um in mich hineinzufühlen. „Es ist nicht richtig. Da ist etwas zwischen dir und den Pferden, etwas Besonderes. Du kannst außerdem etwas bewirken, weil du bekannt bist in der Szene. Wenn du jetzt anfängst, auf eine andere Art zu reiten, kannst du Menschen inspirieren. Vielleicht kannst du außerdem Architekt werden und moderne Ställe entwerfen, die den Bedürfnissen der Pferde entsprechen. Reitunterricht geben. Von mir aus Pferde züchten. Es gibt so viele Möglichkeiten!"

Nolans Augen sind weich geworden, während ich geredet habe, und auch er nimmt sich Zeit, über das nachzusinnen, was ich gesagt habe. „Das hört sich an wie ein Traum, Roxy. Wie ein rosaroter Kindheitstraum."

„Mit Pferden zusammen zu sein, war auch mein Kindheitstraum. Und er ist wahr geworden. Das Einzige, was mir dabei immer wieder Angst macht, ist, dass Saphir dein Pferd ist."

„Ach, Saphir war nie wirklich mein Pferd. Und ist es auch nicht mehr."

„Ist er nicht – hast du ihn etwa schon verkauft!?"

„So ähnlich. – Nein, Roxy, nicht aufregen ... es sollte eine Überraschung werden und ich darf eigentlich nichts verraten, aber die Bulldogge hat mich kürzlich gefragt, was der Gaul denn kosten soll und ob er darauf sparen könnte." Nolan verzieht leicht amüsiert den Mund. „Er könnte sich das nicht einfach so aus dem Ärmel schütteln. Aber er will ihn dir schenken."

„Steffen? Meinst du mit *Bulldogge* Steffen?"

„Ja, wen denn sonst?“ Nolan grinst mich verschmitzt an und streicht sich die letzte Nässe aus seinen Haaren. „Er hat mich vor ein paar Wochen angerufen und gesagt, er fände es nicht gut, dass du auf diese Weise von mir abhängig bist, das wäre kacke. Du sollst dein eigenes Pferd haben. Ich hab ihm angeboten, dir Saphir zu schenken, aber das ging ihm völlig gegen den Strich. Er ist ziemlich stolz und sehr stur. Ihr könntet tatsächlich verwandt sein.“

„Ja, stur ist er ... oh Gott.“ Ich will auf keinen Fall vor Nolan weinen, aber ich weiß auch nicht, wie ich es schaffen soll, nicht zu weinen. Ich muss also gar nicht mehr um Saphir bangen! Steffen will ihn mir schenken. Er muss nur noch das Geld zusammenkratzen. Mir ist, als würde tonnenschwerer Ballast von mir abfallen, und gleichzeitig weiß ich, dass sich jetzt ohne jede Trübung zeigen wird, ob Nolan und ich außerhalb der Pferde eine Basis haben.

Ich kann ihm nicht mehr gegenübersitzen. Ich muss ihn spüren, sonst bekomme ich Angst vor dieser neuen Situation und laufe weg. Es fühlt sich alles so zerbrechlich an, dass ich zu zittern beginne. Schnell stehe ich auf und setze mich neben ihn, so nah es mir möglich ist.

„Hey“, raunt er kaum hörbar und legt vorsichtig seinen Arm um mich. „Ich bin doch da, Roxy. Ich hatte nie vor, dich zu verlassen. Aber alles, was mit den Pferden zu tun hat, tut mir nur noch weh. Das, was ich mit Lady die letzten Jahre gemacht habe, tut mir weh. Dass Jakob sterben musste, tut mir weh. Dass ich Torero nur benutze, tut mir weh. Und Saphir ist dein Pferd. Wie gesagt – das war er immer, von der ersten Sekunde an, er hat nie jemand anderem gehört, ganz egal, was auf den Papieren stand."

Nolan riecht wunderbar kuschelig und fühlt sich so warm an. Am liebsten möchte ich mich den ganzen Abend so in seinen Arm schmiegen und mich von ihm halten lassen, ohne an die Zukunft zu denken oder die Vergangenheit zu betrauern. Denn er trauert immer noch um Jakob. Er vermisst dieses Pferd so sehr.

„Ich habe eine Idee, Nolan", murmele ich, nachdem mein Atem ruhiger geworden ist und im gleichen Rhythmus wie seiner geht. „Avalon wird ja am Meer bleiben. Anne hat also kein Pferd mehr. Stell doch Lady erst einmal zu uns in den Stall. Gib ihr dort die Freiheit, die sie sich wünscht und verdient hat. Lady hat dir bei dem Turnier gezeigt, wo deine Zukunft liegt, meinst du nicht? Sie hat das nicht getan, um dich zu bestrafen, sondern weil sie dich liebt. Anne ist von ihrem Wesen wie ein Fohlen, und sie vermisst ihre Mutter. Die beiden würden gut zusammenpassen. Anne könnte sich als Reitbeteiligung um Lady kümmern ... und du könntest Lady behalten und sogar ein bisschen was mit ihr verdienen, wenn du Anne Reitunterricht gibst. Du hättest auf der Ranch alle Zeit der Welt, eine neue Art zu finden, Lady zu begegnen. Ohne den ganzen störenden Turnierstress."

„Weißt du, Roxy ..." Ich spüre, wie Nolan sich verspannt. „Ich glaube, Lady guckt mich mit dem Hintern nicht mehr an. Ich bin von ihr weggetragen worden, als sie mich gebraucht hätte, und fremde Leute haben sie eingefangen und zurück nach Warendorf gebracht. Ich war seitdem kein einziges Mal bei ihr. Wäre ich sie – ich würde mich nicht mehr haben wollen."

„Pferde verzeihen eine Menge. Du musst ihr nur Zeit geben. Sie ist so sanft und lieb. Sie hat viel für dich getan, versuch es wenigstens. Nicht wegen uns. Auch nicht wegen ihr. Sondern wegen dir."

Nolan atmet tief durch, als würden ihn meine Worte im Innersten berühren, und kurz verliert sich unser gemeinsamer Rhythmus, doch schon nach wenigen Herzschlägen finden wir uns wieder. Unser Schweigen dehnt sich in die Länge, ohne uns zu trennen. Ich lehne meinen Kopf an seine Schulter und Nolan dreht sich leicht, um seine Lippen auf meine Schläfe zu drücken.

„Das wäre wirklich ein ganz anderes Leben. Ich kann es mir noch nicht richtig vorstellen, aber dass es anders ist als das, was ich geplant habe und mein Vater geplant hat, das ... ja, das gefällt mir."

Ich löse mich von ihm, um ihn anzuschauen. Er wirkt erschöpft, aber so friedvoll und gelöst wie lange nicht mehr. Sogar die Falte zwischen seinen Brauen ist kaum noch zu sehen, und als er mich anlächelt, muss ich sein Lächeln unweigerlich erwidern.

„Ich bin sicher, dass auf der Ranch Platz für Lady ist und alle sich auf sie freuen. Auch auf dich. Ich würde mich auf jeden Fall freuen."

„Aber selbst, wenn es nicht passiert, Roxy ..." Nolan streicht mir eine Strähne aus der Stirn und blickt mich ernst an. „Vertrau mir, ich bin altmodisch und treu. Du musst mir schon beide Augen auskratzen, damit ich aus deinem Leben verschwinde. Ich wollte mich nie von dir abwenden. Ich weiß, dass dir Pferde wichtig sind, aber wir brauchen sie nicht, um zusammen zu sein."

„Nein, nicht mehr." Das zu erkennen, ist befreiend. „Am Anfang war es schon wichtig, aber jetzt – jetzt nicht mehr." Es fühlt sich so gut an, zu wissen, dass es Nolan und mich auch jenseits der Pferde gibt. Auch wenn es zusammen mit ihnen noch viel schöner wäre.

„Ich glaube, das ist der richtige Augenblick, oder?" Nolans Schmunzeln vertieft sich, und er umfasst mit den Händen liebevoll mein Gesicht.

„Welcher Augenblick?" Ich weiß nicht, wovon er redet.

„Na, der Augenblick, der bisher nicht da war – für den du zu krank warst oder ich zu starke Schmerzen hatte."

Oh. Nun weiß ich, worauf er anspielt. Er spricht vom Küssen! Das stand heute Abend wahrlich nicht auf meiner To-do-Liste. Schielend versuche ich, die Uhrzeit auf seinem Nachttischwecker zu erkennen.

„Was ist los? Willst du etwa gleich mit mir ins Bett?"

„Nein!", wehre ich errötend ab. „Ich muss wissen, wie spät es ist! Wenn ich um halb elf nicht zu Hause bin, wird Steffen herkommen, und das ..."

„Das wollen wir beide nicht", beendet Nolan meinen Satz grinsend. „Es ist gerade erst zehn. Wir haben noch eine halbe Stunde."

„Eine Viertelstunde", widerspreche ich sanft. „Ich muss ja noch fahren."

„Eine Viertelstunde reicht dicke."

„Ich hab ein bisschen Angst", gestehe ich flüsternd.

„Dann bestimm du das Tempo. Ich sitze hier einfach nur herum."

„Das ist schon ziemlich viel, wenn du einfach nur hier herumsitzt und ich ..." Ich rede nicht weiter. Worte stören jetzt nur.

Ich brauche so viel Mut. Ich weiß gar nicht, woher ich ihn nehmen soll, aber dann schalte ich meinen Kopf kurzerhand aus und lasse es zu, dass sich mein Gesicht von ganz alleine auf seines zubewegt – und irgendwann sind sie da, seine Lippen, direkt auf meinen, und wir tun nichts anderes als nur das, unsere Lippen ruhen vertrauensvoll aufeinander, spüren sich, ohne sich zu bewegen oder gar gegenseitig zu verschlingen. Ich glaube nicht, dass sich andere Menschen so küssen. Aber das ist mir egal – es ist eben unsere Art, zu küssen, langsam und vorsichtig und zärtlich.

„Ich kann das nicht eine Viertelstunde lang tun."

Nolan muss lachen. „So schrecklich?"

„Nein. So schön. Ich kann sonst nicht mehr aufhören und dann gibt es Ärger – und ich glaube, hier wird es schon genug Ärger geben die nächsten Tage."

„Ja ... Ich denke auch." Bevor Nolan weiterspricht, küsst er mich noch einmal, bedeutsam und mit einem Lächeln im Gesicht. „Ich habe meinem Vater einiges mitzuteilen. Dass du das Mädchen an meiner Seite bist und bleiben wirst, dass ich seine Firma nicht übernehme, nicht in die Schweiz gehe und auch nicht mit dem Turniersport weitermache. Aber ich hab keine Ahnung, was ich sonst machen will, und das wird ihm nicht gefallen."

„Vielleicht wird es deiner Mutter gefallen. Außerdem gefällt es mir. Das zählt doch auch, oder?"

„Ja, das zählt allerdings." Nun müssen wir beide lachen und schweren Herzens löse ich mich von ihm, um aufzustehen. Meine Knie sind butterweich und einen Moment lang ist mir so schwindelig, dass ich beinahe zur Seite kippe. „Ich fahre jetzt nach Hause. – Wenn du willst, helfe ich dir mit Lady. Falls es wirklich so ist, wie du sagst und sie immer noch gegen dich zickt. Vielleicht kann ich euch wieder zusammenbringen."

„Das wäre schön. Gib mir ein paar Tage Zeit. Ich muss das alles erst einmal sacken lassen. Aber selbst wenn ich meine Pferde verkaufe – dich werde ich niemals verkaufen. Du bist sowieso unbezahlbar."

„Jetzt wirst du kitschig, Nolan Hilbert."

„Ich sag ja, ich bin altmodisch."

Zu gerne würde ich ihn noch einmal küssen, aber wenn ich mich jetzt wieder zu ihm setze, bleibe ich die ganze Nacht hier. Also wende ich mich zum Gehen. „Schlaf gut. Bis bald."

„Bis bald, Roxy. Hab dich lieb."

Nolans Worte begleiten mich, bis ich im Bett liege.

Er hat es mir gesagt, einfach so. Dass er mich lieb hat. Dass er mich an seiner Seite wissen will, egal, was sein Vater darüber denkt. Und dass er die Pferde dafür nicht braucht.

Vor allem brauche ich Saphir dazu nicht mehr – denn er wird bald mir gehören.

Ich darf es eigentlich nicht wissen, aber ich weiß es, und Tränen der Erleichterung tropfen auf mein Kopfkissen, während ich mit einem friedvollen, ruhigen Gefühl in meinem Bauch einschlafe:

Alles wird gut.

EINFÜHLSAM UND BERÜHREND

320 Seiten, €/D 14,99
978-3-440-15484-7

Ein seltsamer Brief stellt das Leben der 17-jährigen Sophia völlig auf den Kopf: Ihr Vater, der angeblich im Ausland lebte, hat in Wahrheit ein traumhaftes Gestüt auf Rügen geleitet … und es Sophia vererbt.
Ein Besuch auf dem Gestüt Rosencarree, das Zusammentreffen mit ihrem Großvater sowie ein magischer Moment mit der besonderen Stute Finja und es ist klar: Sophia will auf Rosencarree bleiben. Eine herrliche Zeit mit Finja beginnt und Sophia verliebt sich zum ersten Mal. Doch warum will ihre Mutter alles verbieten, was Sophia glücklich macht?

kosmos.de Auch als Ebook erhältlich Preisänderungen vorbehalten